Bild von einem Mosquito-Bomber der *Royal Air Force*, der am 21. März 1945 in unmittelbarer Nähe der *Jeanne d'Arc-Schule* abstürzte.
Foto: © Frederiksberg Stadsarkiv

Jonas Kleinschmidt

ENGEL ÜBER DER STADT

Aus dem Dänischen
von André Wilkening

ARCTIS

Die Originalausgabe erschien 2020 unter dem Titel *Englene over København* im Verlag Turbine, Aarhus.

Die Übersetzung wurde gefördert von der Danish Arts Foundation.

Danish Arts Foundation

MIX
Papier aus verantwortungsvollen Quellen
FSC® C014496

Deutsche Erstausgabe
1. Auflage

Übersetzung: André Wilkening
Lektorat: Maike Frie, Münster
Umschlaggestaltung: Zero Media GmbH unter Verwendung der Fotos von gettyimages / © caracterdesign (Junge), gettyimages / © AleksandarGeorgiev (Kopenhagen), Arcangel / © Alexandre Fundone (Fahrrad), FinePic® (Flugzeuge/Himmeleffekt)
Die frei ins Deutsche übersetzten Textstellen stammen aus: *Shellhuset erindret* aus der Gedichtsammlung *Fralandsvind* von Henrik Nordbrandt (S. 5) und *Danskeren* aus *Dansk viden 1941–1945 om Holocaust – belyst ved den illegale presse* von Palle Andersen (S. 155)
Satz: Pinkuin Satz und Datentechnik, Berlin
Druck und Bindung: GGP Media GmbH, Pößneck
Printed in Germany 2021
ISBN 978-3-03880-048-4

www.arctis-verlag.de

Folgt uns auf Instagram unter
@arctis_verlag

»Nun nähern sich Traum und Wirklichkeit einander an, wie im Sucher eines Fotoapparats …«

Henrik Nordbrandt

TEIL 1

EIN GESICHT

1

Ich höre es sofort an seiner Stimme.

»Johannes, kommst du mal ins Wohnzimmer?«

Ich blicke vom Computer auf und sehe meinen Vater in der Tür meines Zimmers stehen.

»Was gibt's?«, frage ich, obwohl ich sehr gut weiß, was los ist.

Er antwortet nicht. Bleibt nur stehen und sieht mich an. »Ich denke, du solltest mal mit ins Wohnzimmer kommen«, sagt er.

Das tue ich. Stehe auf und folge ihm durch den Flur ins Wohnzimmer, in dem meine beiden Schwestern, Kajsa und Kaia, neben Mama auf dem Sofa sitzen. Alle drei blicken auf, als wir hereinkommen, doch nur Kajsa sagt etwas.

»Hej, Johannes«, begrüßt sie mich mit dünner, fast brüchiger Stimme.

Sie schnieft und ich sehe, dass sie geweint hat.

»Setz dich einfach dorthin«, sagt mein Vater, ohne auf einen bestimmten Platz zu deuten, daher bleibe ich stehen.

»Du weißt doch, dass Opa in letzter Zeit schwer krank war?«

Ich nicke.

»Tja, und ...« Er macht eine Pause.

»Tja, und jetzt ist Opa tot.«

Ich sehe ihn an. Seinen Mund, seinen Hals und sein schwarzes Hemd. Er trägt immer nur schwarze Hemden.

»Schönes Hemd«, bemerke ich.

Er schaut mich an. Dann meine Mutter und wieder mich.

»Hast du gehört, was ich gesagt habe, Johannes?«

»Ja, ja«, erwidere ich.

Plötzlich ist meine Stimme ganz klein.

»Du brauchst keine Angst zu haben. Es ist gut so. Nun hat er Frieden gefunden.«

»Wie geht's Oma?«, erkundige ich mich.

Ich muss beinahe weinen, doch ich kann die Tränen gerade noch zurückhalten. Mein Kopf pocht und vor meinen Augen flimmert es. Mir ist, als würde ich in Ohnmacht fallen, aber nichts geschieht. Ich bleibe stehen.

»Sie ist natürlich sehr traurig«, sagt mein Vater.

Er setzt sich neben meine Mutter.

»Das sind wir alle. Du doch bestimmt auch.«

Da fangen Kajsa und Kaia richtig an zu weinen; mein Vater tröstet Kajsa, während sich Kaia unter den Arm meiner Mutter verkriecht. Die Zwillinge sind sechs Jahre alt, neun Jahre jünger als ich, und obwohl ich sehr gut weiß, wie sensibel sie sind, merke ich, wie mich ihr Weinen irritiert.

»Wir fahren später ins Krankenhaus und verabschieden uns von ihm«, sagt mein Vater.

»Okay«, antworte ich.

Ich weiß nicht, was ich sonst sagen soll. Ich schaue aus dem Fenster und entdecke eine Amsel, die angeflogen kommt und sich auf einem Ast neben einem Fallrohr niederlässt. Dort bleibt sie ein paar Sekunden sitzen, dreht den Kopf, zuerst in die eine, dann in die andere Richtung. Dann ist sie wieder weg.

2

Wir fahren mit dem Auto ins Krankenhaus. Ich sitze auf dem Rücksitz, zwischen meinen Schwestern. Ihre Augen sind immer noch feucht, doch sie weinen beide nicht mehr. Während mein Vater fährt, schaut meine Mutter hinaus. Woran sie wohl denken mag? Schließlich ist nicht ihr Vater oder Großvater gestorben. Ob es ihr egal ist? Da dreht sie sich um und lächelt mich an, ganz vorsichtig, doch ich kann sehen, dass ihre Augen glänzen.

»Das wird schon gehen, Schatz«, sagt sie, nimmt meine Hand und drückt sie sanft.

Ich bekomme ein schlechtes Gewissen. Natürlich ist sie auch traurig. Ich bin manchmal so dumm. Alle haben ihn geliebt. Das war nicht anders möglich. Man müsste schon eine Schraube locker haben, wenn man nicht glaubte, er wäre etwas Besonderes. Er war fast zwei Meter groß, ragte wie ein Baum in den Himmel und hatte einen riesigen Bauch, über dem die Hemden immer sehr spannten. Er war nicht dick. Eher groß und imposant. Seine Hände waren ebenfalls riesig.

Beinahe doppelt so groß wie meine. Als ich jünger war, mochte ich es, seine Hand zu halten. Das gab mir Geborgenheit. Ich hatte das Gefühl, er würde alles schaffen. Dass er in gewisser Weise unverwundbar wäre. Ich bin mir sicher, dass er wusste, wie ich fühlte.

Als ich klein war, traute ich mich nichts, hatte vor allem eine riesige Angst, konnte stundenlang wach liegen und an den Tod denken, und obwohl meine Eltern mit mir redeten und mich beruhigten, war es etwas, das mein Opa sagte, was mich ein wenig besser entspannen ließ. Ich weiß nicht, ob meine Eltern mit ihm gesprochen und ihn gebeten hatten, mit mir zu reden, aber eines Tages, als er und Oma zu Besuch waren, kam er in mein Zimmer. Ich spielte am Computer, und er stellte sich neben mich. Dann legte er eine Hand auf meine Schulter und blieb einen Moment lang so stehen.

»Ich bin bei dir, Johannes«, sagte er dann. »Auch wenn ich nicht da bin, bin ich bei dir. Immer.«

Er drückte meine Schulter.

»Du kannst dich auf mich verlassen.«

Er blieb kurz stehen, bevor er wieder ging. Wenn ich jetzt darüber nachdenke, kommt mir das reichlich verrückt vor. Dass mehr nicht nötig war. Aber es half, vielleicht durch die Art, wie er es sagte, oder weil er es war, der es sagte. Jedenfalls habe ich das nie vergessen.

»Wo ist Oma?«, frage ich.

»Zu Hause«, sagt mein Vater. »Sie wollte noch etwas Kleidung für Opa holen. Wir treffen sie aber dann im Krankenhaus.«

»Kleidung?«

»Ja«, sagt mein Vater.

Dann verstummt er, reibt sich mit der Rückseite der Hand die Augen.

Meine Mutter sieht ihn an, sagt jedoch nichts. Legt bloß eine Hand auf seine Schulter und verharrt in dieser Haltung.

Ich habe meinen Opa zweimal weinen gesehen, beide Male, als er vom Krieg erzählte. Er war elf Jahre alt bei der Besetzung Dänemarks durch die Deutschen und sechzehn bei Kriegsende. Er berichtete, wie er und seine Freunde auf der Straße Zigarettenstummel aufsammelten und sich aus dem Tabak Zigaretten drehten, wie der Krieg Alltag wurde und alle versuchten, ihr Leben so gut wie möglich zu leben, wie sie im Hof spielten und im Park Fußball kickten, Musik hörten und auf Feste gingen. Aber er erzählte auch, wie er manche Nacht nicht einschlafen konnte, wenn die englischen Bomber über Kopenhagen kreisten. An dieser Stelle begann er zu weinen. Er erzählte nie mehr, es war, als würde er wollen, aber nicht können.

Inzwischen sind wir auf der Autobahn. Auf einer Seite verläuft die Eisenbahnstrecke, auf der anderen ist ein großer See zu sehen. Darüber ein fahler Himmel mit vereinzelten Wolken. Ich erkenne die Gegend wieder. Wir sind diese Strecke häufig gefahren, wenn wir Oma und Opa in ihrem Haus in Hellerup besucht haben. Bei Geburtstagen, zu Weihnachten, am Martinsabend und so weiter. Meine Schwestern und ich waren auch am Wochenende oft dort. Dann spielten wir Karten, malten oder lasen. Ich weiß nicht, wieso, aber Langeweile kam nie auf. Zumindest nicht bei mir. Vor ein paar Jahren, bevor mein Opa krank wurde, war ich allein bei ihnen. Ich las auf dem Sofa einen Comic und musste eingeschlafen sein, denn ich erinnere mich, wie ich wach wurde, als die Sonne durchs Fenster schien und mir die Stirn wärmte. Ich richtete mich auf und sah meinen Opa, der im Sessel Zeitung las, während meine Oma den Tisch fürs Mittagessen deckte. Sie sagten nichts. Lächelten mich nur an. Ich weiß nicht, warum, aber ich erinnere mich, dass ich mich dort an Ort und Stelle völlig ruhig und glücklich fühlte.

Ich hole mein Handy und die Kopfhörer hervor und höre The Minds of 99. Magnus hat mir von der Gruppe erzählt. Eines Tages spielte er mir in der Schule *Ud af min krop* vor. Er spielt mir häufig neue Songs vor, meistens Hip-Hop oder so was, aber das hier war komplett anders, nie zuvor hatte ich etwas so Tolles gehört. Etwas so Gigantisches. Mir gefiel es auf der Stelle. Ich presse die kleinen weißen Kopfhörer ganz in die Ohren und mache die Augen zu.

Ich komme aus meinem Körper raus, während ich lebe.

Und während ich lebe, muss ich aus meinem Körper raus.

»So, wir sind da«, bemerkt mein Vater.

»Wie?«, sage ich und nehme einen der Kopfhörer heraus. Auf einem Schild steht *Gentofte Hospital.*

Als mein Vater das Auto geparkt hat, fangen Kajsa und Kaia wieder an zu weinen. Beinahe wie auf Kommando.

»Oje«, sagt meine Mutter.

Sie öffnet die Tür und hilft ihnen beim Aussteigen. Ich bleibe im Auto sitzen.

»Kommst du?«, fragt mein Vater.

»Ja, ja«, sage ich.

Ich schaue ein paar Sekunden aus dem Fenster. Ich möchte hier für immer sitzen bleiben. Einfach hinausstarren. Alles anhalten. Doch so funktioniert das nicht, das weiß ich auch. Daher öffne ich die Tür und steige aus.

Wir bleiben einen Moment auf dem Parkplatz vor dem Krankenhaus stehen. Niemand von uns sagt etwas.

Mein Vater bricht das Schweigen.

»Okay«, sagt er. »Seid ihr bereit?«

Er schaut zuerst mich an, danach Kajsa und Kaia. Wir nicken, dann gehen wir.

Mein Vater läuft vorneweg. Er dreht sich nicht um, sondern geht einfach. Ihm folgen meine Mutter und die Mädchen, sie halten sich an den Händen, dann komme ich. Die Vorstellung, gerade jetzt jemanden an der Hand zu halten, kann ich nicht ertragen. Aus den Augenwinkeln fällt mir ein Junge auf, der an einer Mauer in der Nähe lehnt. Er scheint ein wenig älter zu sein als ich. Ist groß, hat dunkles Haar und blickt in den Himmel, als würde er nach etwas Ausschau halten. Plötzlich sieht er mich direkt an und nickt mir zu. Ich schaue sofort weg. Wer das wohl sein mag? Ob wir uns kennen? Ich falle ein paar Schritte zurück. Da dreht sich mein Vater zu mir um.

»Kommst du?«, wiederholt er.

Er klingt ein wenig irritiert.

»Ich komme«, sage ich.

Als ich mich kurz darauf nach dem Jungen umschaue, ist er bereits fort.

3

»Es ist dieser Eingang«, sagt mein Vater.

Er öffnet die automatische Tür per Knopfdruck und wir gehen hinein. Ich laufe noch immer am Schluss, blicke zu Boden. Drinnen kann ich andere Menschen spüren, Schatten, fremde Körper und Stimmen, doch ich schaue nicht nach oben, hefte meinen Blick auf den grauen Linoleumboden.

»Es ist im zweiten Stock«, sagt mein Vater.

Er wirkt abwesend. Dreht sich nicht um, geht einfach weiter und rechnet damit, dass wir nachkommen. Er bittet uns, kurz zu warten, während er mit einer Krankenschwester spricht. Ich kann nicht hören, worüber sie reden, aber sie strahlt etwas Kühles aus. Sie trägt einen weißen Kittel, ein Kugelschreiber klemmt in ihrer Brusttasche, das Haar ist zu einem straffen Pferdeschwanz zusammengebunden. Sie lächelt nie. Ihre Mimik ist völlig tot. Sie nickt nur leicht, während mein Vater mit ihr spricht, blinzelt, neigt den Kopf ein wenig zur Seite und sieht aus, als würde sie gleich einschlafen. Zudem wirkt es, als würde sie mit einem

Fuß leicht trippeln, wäre ständig dabei, gleich einen Schritt zu machen, als könne sie nicht schnell genug von meinem Vater wegkommen. Dann redet sie plötzlich ohne Unterbrechung. Ich sehe, wie mein Vater zuhört. Er ist viel größer als sie, mindestens einen Kopf, dennoch scheint er neben ihr kleiner zu werden. Dann dreht sie sich unvermittelt um und geht, mein Vater guckt einen Moment ins Leere, wendet sich um und kommt auf uns zu.

»Ist alles okay?«, fragt meine Mutter.

»Ja«, sagt er. »Ja, ja.«

Sein Blick flackert.

»Sie machen ihn gerade noch fertig. Wir können ihn in zehn Minuten sehen.«

Was hat das zu bedeuten? Fertig machen? Wie meinen sie das? Wieso reden sie über ihn, als wäre er kein Mensch? Als wäre er eine Sache. Ich sage nichts. Schaue weiter nach unten, balle die Hände in der Tasche zu Fäusten. Bohre die Nägel, so tief ich kann, in die Hände. Da fangen die Mädchen wieder an zu weinen, ganz leise, aber es reicht, um mich wieder zu irritieren.

»Muss das sein?«, sage ich.

Sie halten sich an den Händen, ihre Augen sind verquollen und gerötet. Dann brechen sie völlig in sich zusammen.

»Johannes«, ermahnt mich meine Mutter, holt sich einen Stuhl und nimmt Kaia auf den Schoß.

»Morten, kannst du mal Kajsa nehmen«, bittet sie und dann sitzen sie mit jeweils einem weinenden Kind da, während ich stehen bleibe.

Kurz darauf kommt die Krankenschwester zurück.

»Wir wären dann so weit«, sagt sie.

Ihr Gesicht ist immer noch vollkommen ausdruckslos. Wir folgen ihr, und ich spüre, wie sich mein Magen zusammenschnürt. Ich will das nicht, will weg, will nicht mitkommen, folge ihnen aber trotzdem, als wäre mein Körper ein Roboter oder eine Hülle, aus der ich nicht herauskomme. Ich hebe zum ersten Mal den Blick und sehe mich um. Alles ist grau oder weiß. Wir kommen an ein paar Zimmern vorbei, manchmal steht eine Tür offen, sodass wir hineinsehen und einen kurzen Blick auf ein paar Leute werfen können. Andere Türen sind geschlossen.

Beim Gehen denke ich an meinen Opa. Ich denke daran, wie sehr er es geliebt hat, Klavier zu spielen. Dass er immer in einem gestreiften Pyjama schlief. Dass er nach Labello und Feuchtigkeitscreme duftete. Nivea. Dass er Jazz, schwedische Volkslieder und klassische Musik mochte. Dass er sein Haar immer auf die gleiche Weise scheitelte, sodass ihm eine kleine Locke in die Stirn fiel und genau die Narbe bedeckte, die er sich als Kind zugezogen hatte, weil ihn einer seiner Freunde beim Spielen von *Die drei Musketiere* versehentlich am Kopf verletzt hatte. Mir fällt ein, dass er die besten Spiegeleier der Welt machte. Ganz knusprig, in Butter gebraten und mit viel zu viel Salz und Pfeffer. Und wie er morgens beim Tee immer den Löffel Honig aus der Tasse zog, bevor dieser völlig flüssig geworden war. Dann steckte er den Löffel in den Mund, setzte sein allerbreitestes Lächeln auf und schluckte den puren, süßen Honig hinunter. Fast als wäre er ein kleines Kind.

Und jetzt ist er tot. Und ich möchte am liebsten nur verschwinden. Wo bist du, Opa? Wo bist du bloß?

4

Die Tür zu dem Zimmer, in dem mein Opa liegt, ist angelehnt. Die Krankenschwester bleibt vor ihr stehen.

»Also, ich nehme an, dass Sie mich nicht mehr brauchen«, sagt sie, offensichtlich ohne eine Antwort zu erwarten.

Sie macht einfach kehrt und geht, und mein Vater sieht mich und meine Schwestern an.

»Seid ihr bereit?«, erkundigt er sich.

Niemand antwortet.

»Möglicherweise sieht er etwas anders aus als sonst, aber ihr braucht keine Angst zu haben. Das ist nicht seltsam. Das ist vollkommen normal.«

Ich habe noch nie zuvor einen toten Menschen gesehen. Im Film schon, aber nicht in der Wirklichkeit, und jetzt stößt mein Vater die Tür auf und geht hinein; wir folgen ihm, und ich weiß nicht, was ich tun soll. Ich möchte weg, mir ist wieder, als würde ich ohnmächtig, es flimmert mir vor den Augen, und ich versuche, mich auf etwas Bestimmtes zu konzentrieren, aber alles um mich herum verschwimmt und ich muss innehalten und tief durchatmen. Ich betrachte meine Schuhe. Nike. Sie sind ein Jahr alt, sehen aber immer noch wie neu aus. Das ist auch kein Wunder. Als ich klein war, zogen mich meine Eltern damit auf, dass ich immer adrett und sauber angezogen war. Sie haben erzählt, dass, wenn sie mich vom Kindergarten abholten, alle anderen Kinder immer ganz schmutzig waren, während ich in meinem schönen und sauberen Thermoanzug dastand und wie jemand aussah, der gerade abgegeben worden war. Selbst wenn wir den ganzen Tag draußen gespielt hatten.

»Kommst du, Schatz?«, erkundigt sich meine Mutter.

Sie hat sich auf einen Stuhl an der Wand gesetzt. Kajsa und Kaia sitzen neben ihr, mein Vater steht mitten im Raum neben dem Bett. Mit dem Rücken zu uns, weshalb ich sein Gesicht nicht sehen kann. Er hat den Kopf gesenkt und fährt sich mit einer Hand durchs Haar. Neben dem Bett steht ein kleiner Tisch, auf den jemand eine Vase mit Blumen gestellt hat. Auch auf der Fensterbank stehen Blumen. Ich gehe zu meiner Mutter und versuche, den direkten Blick zum Bett zu vermeiden, setze mich so, dass der Rücken meines Vaters im Weg ist.

»Möchtet ihr euch von Opa verabschieden?«, fragt er. Seine Augen sind feucht.

Kajsa und Kaia schütteln den Kopf und schniefen.

»Ich glaube, jetzt noch nicht«, sagt meine Mutter und streichelt ihnen über den Rücken. »Wir bleiben noch ein wenig hier sitzen, ja?«

Sie schaut Kajsa und Kaia an, die aber nicht antworten.

Mein Vater nickt und wendet sich dann mir zu.

»Was ist mit dir, Johannes?«

Ich weiß nicht, warum oder wie, stehe aber auf, möchte es auf einmal bloß schnell hinter mich bringen. Mir ist wieder, als hätte ich überhaupt keine Kontrolle über meinen Körper. Als würde mich etwas fernsteuern. Ich verharre kurz vor meinem Stuhl und schwanke, mache dann einen Schritt und gehe an meinem Vater vorbei. Als Erstes sehe ich das Laken und die Bettdecke. Alles ist unglaublich weiß. Der Deckensaum hat eine dünne, blau gepunktete Linie, ansonsten ist alles weiß. Dann schaue ich ins Gesicht meines Opas. Es sieht ihm nicht ähnlich. Das Gesicht ist wachsartig, leuchtet beinahe, der Mund ist sonderbar eingefallen und die Wangen sind völlig glatt und eingesunken. Ich betrachte das Haar, das platt auf der Stirn liegt und nicht wie gewohnt sitzt. Irgendetwas stimmt auch nicht mit der Hautfarbe. Sie ist blass und gelblich.

»Das ist nicht er«, sage ich.

»Was?«, erwidert mein Vater.

»Das ist nicht er«, wiederhole ich.

»Wie meinst du das?«, fragt mein Vater, doch ich antworte nicht.

Ich spüre, wie ich das Gleichgewicht verliere. Mir wird schwindelig, der ganze Raum dreht sich jetzt, ich muss mich am Tisch neben dem Bett abstützen, doch als ich mit den Händen herumtaste, stoße ich die Vase um, woraufhin sie zu Boden fällt und mit einem lauten Knall zerspringt. Ich schaue auf meine Schuhe. Sie sind feucht und auf einer Schuhspitze liegt eine Tulpe.

»Entschuldigung«, sage ich. »Entschuldigung.«

Ich renne zur Tür, reiße sie auf und flitze den Krankenhausflur entlang. Das ist das Einzige, was ich jetzt im Kopf habe: Ich will bloß weg hier!

5

Ich laufe immer weiter und weiß nicht mehr, wo ich bin. Alle Gänge und Türen ähneln sich. Selbst die Menschen ähneln sich. Ihre Gesichter verschwimmen, die weißen Kittel, ihre Stimmen und Bewegungen, alles gleitet ineinander. Ich stoße mit einem Essenswagen zusammen, dessen Kante sich in meine Hüfte bohrt, und ein paar Brötchen fallen zu Boden, doch ich renne weiter, stürme in einen Aufzug, drücke alle Knöpfe und weiß nicht, ob ich nach oben oder unten fahre. Schließlich öffnen sich die Türen und ich stürze hinaus, stehe plötzlich ganz benommen in etwas, das ein Wartezimmer sein muss. Ein Arzt läuft zwischen einem Schalter und einem Büro hin und her. In der Hand hält er einen Kugelschreiber, mit dem er die ganze Zeit herumklickt. Zwischendurch sagt er etwas zu einigen Patienten, die an einer Wand aufgereiht dasitzen. Manche starren in die Luft, andere gucken auf ihr Handy oder auf einen Fernseher an der Wand. Ich entdecke einen Stuhl und lasse mich auf ihn plumpsen. Mir läuft der Schweiß und ich zittere, mein Herz pocht. Ich schließe die Augen. Alles dreht sich.

»Kann ich dir helfen?«

Ich blicke auf. Es ist der Arzt mit dem Kugelschreiber. Er hat jetzt mit dem Klicken aufgehört.

»Nein, ich wollte gerade …«, sage ich, doch dann fällt mir nichts mehr ein.

Er sieht mich an.

»Eine Toilette«, bringe ich stammelnd hervor. »Ich suche eine Toilette.«

»Da entlang«, sagt er und deutet mit dem Kugelschreiber in Richtung einer Tür, wo tatsächlich auf einem Schild groß und deutlich TOILETTE steht.

»Ach ja«, sage ich und stehe auf. »Danke.«

»Gerne«, erwidert er, dreht sich um und geht.

Ich schließe die Toilette ab. Drehe den Hahn auf, beuge mich übers Becken und spritze mir ein bisschen kaltes Wasser ins Gesicht. Das hilft. Ich forme die Hände zu einer Schale und trinke etwas. Es ist dermaßen kalt, dass mein Magen wehtut, und ich spüre, wie hungrig ich bin. Ich schaue in den Spiegel. Dabei muss ich an Opas Gesicht denken. Er sah verkehrt aus. Ängstlich. Es war nicht nur verkehrt, dass er tot war. Es war, als ob sein Gesichtsausdruck etwas Fremdartiges hätte. Als ob er keinen Frieden gefunden hätte.

Ich kaufe ein Sandwich und suche mir in der Krankenhauskantine eine ruhige Ecke. Als ich in das Brot beiße, läuft an meiner Hand ein großer, fetter Klecks Mayonnaise herunter und tropft auf den Tisch. Ich sehe mich um, ob jemand etwas beobachtet hat. Es sitzen überwiegend alte Menschen da, doch niemand schaut in meine Richtung. Die meisten sind in Opas Alter. Alt, faltig und grauhaarig. Ihre Augen sind matt und müde. Wenn jemand von ihnen zwischendurch aufsteht und langsam die Kantine verlässt, wirkt das wie eine ungeheure Kraftanstrengung. Warum muss es so enden? Das ist nicht fair. Dass man dahinwelkt. Es ist kein Trost, alt zu werden und lange zu leben, wenn alles auf diese Weise endet.

Opa war gesund, bis sich das schlagartig änderte. Ich hätte nie gedacht, dass er sterben würde. Er war einundneunzig, trotzdem kam mir überhaupt nicht in den Sinn, er könnte krank werden. Er wirkte so stark. Doch dann stürzte er eines Tages zu Hause und verletzte sich am Bein. Mehr war nicht nötig. Dann ging alles schnell. Es dauerte bloß ein paar Monate und bei jedem Besuch war er noch schwächer. Er fiel in sich zusammen, wurde dünner und kleiner, zum Schluss wirkte er wie ein Schatten seiner selbst. Der mächtige, große Mann mit dem runden Bauch und den riesigen Händen existierte nicht mehr.

Ich bin nun fast fertig mit dem Sandwich. Hole mein Handy hervor. Es gibt ein paar Anrufe in Abwesenheit von meiner Mutter und eine Nachricht von meinem Vater. *Hej, Schatz*, steht da. *Wo bist du?* Ich lösche die Nachricht, habe jetzt keine Lust auf sie und stecke das Handy wieder in die Hosentasche. Einen kurzen Moment überlege ich, Oma anzurufen, aber was sollte ich ihr sagen? Was sagt man einer, die gerade ihren Mann verloren hat? Sie mag sicher nicht darüber sprechen.

Opa und Oma haben sich fast ihr ganzes Leben lang gekannt. Diese Geschichte habe ich unzählige Male gehört. Sie haben es beide geliebt, davon zu erzählen. Besonders mein Opa. Er sagte immer, dass Oma ihn gerettet habe. Das war das Wort, das er benutzte. Dass sie ihn *gerettet* habe und er nicht wisse, was er ohne sie getan hätte. Sie wuchsen in Frederiksberg auf, wohnten im selben Haus, spielten nie miteinander, obwohl sie sich fast jeden Tag im Hof sahen, und an ihrem achtzehnten Geburtstag lud er sie ins Kino ein. Später haben sie geheiratet und Kinder bekommen. Zunächst drei Mädchen und schließlich meinen Vater.

Ich stehe vom Stuhl auf, aber mich packt sofort wieder der Schwindel. Der ganze Raum dreht sich, die Mayonnaise klebt am Gaumen, pfui Teufel! Mir ist, als müsste ich kotzen. Ich renne aus der Kantine, suche die Toilette von vorhin auf und schaffe es nicht einmal mehr, die Tür zu schließen, bevor ich mich mit einem kräftigen Strahl übergebe. Mein Magen zieht sich krampfartig zusammen und ich muss mich hinknien. Ich verharre einige Minuten in dieser Position und entleere meinen Magen in die Schüssel. Tränen schießen mir in die Augen, meine Nase läuft und Speichel tropft vom Kinn auf die Jacke. Ich trockne mich mit dem Ärmel ab und spritze mir ein wenig Wasser ins Gesicht. Ich brauche Luft. Hier drin wird mir übel.

Ich haste durchs Krankenhaus, stoße auf den nächstgelegenen Ausgang und erreiche den Parkplatz. Direkt neben dem Eingang ist ein Fahrradschuppen. Ich laufe kurz drum herum. Sehe nach, ob nicht jemand vergessen hat, sein Fahrrad abzuschließen. Ich möchte kein Fahrrad stehlen, sondern nur eins ausleihen, ich muss einfach weg von hier, doch alle sind angeschlossen. Ich trete zaghaft gegen ein Mountainbike, denn mir fällt ein, dass Magnus erzählt hat, wie er das mal gemacht hat und dann das Schloss aufgegangen ist. Hat er zumindest gesagt. Aber es klappt nicht. Das Fahrrad fällt bloß um, ohne dass sich am Schloss etwas tut. Einen Moment lang befürchte ich, mich könnte jemand gesehen haben. Was soll ich bloß tun? Ich schaue mich um, bin aber ganz allein. Da entdecke ich ganz hinten im Schuppen ein altes Fahrrad, das quer zu den anderen steht. Ich muss ein paar Fahrräder zur Seite rücken, um es herauszuholen, habe aber richtiggelegen. Es ist nicht abgeschlossen, dafür allerdings recht alt. Ein altes schwarzes Herrenrad. Doch es scheint in Ordnung zu sein. Ich stelle die anderen Fahrräder wieder an ihren Platz und schiebe das schwarze auf den Parkplatz. Es ist in der Tat ziemlich alter Mist. Das ist jetzt deutlich erkennbar. Ich steige auf, meine Füße reichen gerade so zum Boden, doch es wird schon gehen. Anfangs lässt sich das Fahrrad schwer treten, die Kette klappert und ein Pedal sitzt locker, aber mit zunehmender Fahrt geht es leichter. Ich biege auf die große Straße und folge dem Fahrradweg einen Hügel hinab, trete fester in die Pedale, husche bei Gelb über eine Kreuzung und fahre auf der anderen Seite weiter runter. Am Fuße des Hügels, kurz bevor der Weg unter einer Brücke hindurchführt, bremse ich ab. Ein schmaler Pfad führt in Richtung Wald hinauf. Ich hüpfe vom Sattel, wende das Fahrrad und folge dem schmalen Weg. Ich habe keine Ahnung, wohin ich fahre. Fahre einfach weiter, es fühlt sich richtig an, denn ich kann nicht wieder ins Krankenhaus, noch nicht. Ich erreiche den Wald, der Kies knirscht unter mir auf dem kurvigen Weg, über den sich dichte Baumkronen neigen. Mir kommt es vor, als würde ich in einem Tunnel fahren. Hier und da dringt ein Sonnenstrahl hindurch. Ich beuge mich vor, betrachte meine Oberschenkel, wie sie rauf und runter pumpen, dennoch trete ich immer weiter. Immer schneller. Meine Beine fangen an zu schmerzen, doch das tut gut. Ich will auf keinen Fall aufhören, sondern beginne zu zählen. Das hilft, lenkt die Aufmerksamkeit ab vom stärker werdenden Kribbeln in den Beinen. Eins, zwei, drei, vier, fünf, sechs, sieben, acht, neun, zehn. Und noch mal. Eins, zwei, drei, vier, fünf, sechs, sieben, acht, neun, zehn. Immer wieder. Mit der Zeit gelange ich immer tiefer in den Wald. Ich fahre, so schnell ich kann. Strample wie ein Wahnsinniger. Hört dieser Weg denn niemals auf? Ich habe das Gefühl, schon eine Ewigkeit unterwegs zu sein, doch die Gegend bleibt unverändert. Der Kiesweg, die herabhängenden Baumkronen, das Gefühl, in einem Tunnel zu fahren. Alles geht immer so weiter. Mit einer Hand gelingt es mir, das Handy vorsichtig aus der Hosentasche zu ziehen, mit der anderen halte ich den Lenker. Ich gebe den Code ein, das Display leuchtet aber nur einen kurzen Moment auf, dann ist es schwarz. Einfach so. Fuck! Ich schiebe es in die Tasche zurück und konzentriere mich aufs Fahren. Ich muss doch verflixt noch mal bald aus diesem Wald raus sein! Im selben Augenblick verändert sich der Kies unter mir zu Asphalt. Zuerst glaube ich, mich verguckt zu haben. Ich bin wie benommen, spüre aber jetzt, dass sich das Fahrradfahren anders anfühlt. Es geht leicht und angenehm vorwärts. Ein fantastisches Gefühl. Ich hebe den Blick ein wenig, ich bin in einer Art Villenviertel. Da werde ich plötzlich überholt. Aus den Augenwinkeln erkenne ich gerade noch einen Schatten, dann ist er schon an mir vorbei. Es ist ein Junge, ebenfalls auf einem schwarzen Fahrrad. Er scheint mich ohne jegliche Anstrengung überholt zu haben. Wie ein Schatten gleitet er vorbei und sitzt dabei kerzengerade auf dem Fahrrad. Im Nu ist er einige Meter vor mir, als er plötzlich eine scharfe Biegung nach rechts macht, und ich sehe, dass er etwas verliert. Er bemerkt nichts, sondern behält sein wahnwitziges Tempo in der Kurve bei.

»He!«, rufe ich. »Du hast was verloren!«

Zunächst glaube ich, er habe mich nicht gehört, doch dann bremst er. Steigt ab und kommt mir entgegen. Er zwinkert mir lächelnd zu. Diese Augen habe ich schon mal gesehen, da bin ich mir sicher.

»Danke, Meister«, sagt er, bückt sich und hebt das, was er verloren hat, vom Boden auf und steckt es in die Tasche. Es sieht wie eine Mütze aus. Dann mustert er mich von oben bis unten.

»Hallo«, sagt er. »Ich heiße Raf.«

Er ist fast einen Kopf größer als ich, obwohl wir ungefähr im gleichen Alter sein müssen. Möglicherweise ist er ein bisschen älter. Seine Stimme ist ebenfalls tiefer als meine. Er hat dunkles, glänzendes Haar, das zu einem Seitenscheitel gekämmt ist.

»Zumindest nennen mich die meisten so«, sagt er mit einem Augenzwinkern.

Er fährt sich mit der Hand durchs Haar, das danach wieder genauso liegt wie vorher, mit einer einzelnen Locke über seiner rechten Augenbraue.

Und in diesem Moment wird mir klar, wer das ist: Es ist mein Großvater. Er ist es wirklich. Aber er ist nicht alt, sondern jung und steht direkt vor mir. Er sieht mich mit strahlenden Augen an.

6

Ich kapiere nichts mehr. Ist das alles real?

»Und du?«, fragt er.

»Wie?«, entgegne ich.

»Das ist die Hälfte von ›Wie bitte‹.«

Er lächelt mich wieder augenzwinkernd an.

»Ja, dein Name. Wie heißt du?«

»Ach so! Ich heiße Johannes.«

»Fein, so gehört sich das.«

Erst jetzt sehe ich, dass er mir die Hand entgegenstreckt, ich nehme sie rasch, lasse sie aber gleich wieder los.

»Du siehst ein wenig blass aus«, stellt er fest.

»Ich glaube, mir ist bloß ein bisschen schwindelig.«

»Das ist aber auch ein Monstrum, mit dem du da herumfährst.«

Er deutet auf mein Fahrrad.

»Na ja«, sage ich. »Es ist vielleicht nicht besonders schick.«

Er grinst.

»Du bist ja drollig.«

Er betrachtet mich wieder von oben bis unten.

»Gute Schuhe«, bemerkt er.

»Wie?«, sage ich.

»Deine Schuhe.«

Ich schaue meine weißen Nikes an.

»Ich glaube, solche habe ich noch nie gesehen.«

»Nein«, sage ich.

Ich weiß nicht, was ich sonst sagen soll.

Er lächelt mich wieder an. Er trägt einen karierten Pullover und merkwürdig weite Hosen. Ein Paar abgenutzte braune Schuhe. Beinahe wie Klamotten aus einem Secondhandladen, so etwas könnte ich niemals anziehen, aber ihm steht es gut, richtig gut sogar.

»Willst du auch in die Stadt?«, erkundigt er sich.

»Nein«, sage ich. »Oder, ich weiß nicht. Ich glaube, ich bin einfach rumgefahren. Ich weiß eigentlich nicht, wohin ich will.«

»Bist du nicht von hier?«

»Wie?«

»Ich meine, aus der Stadt?«

»Nein«, sage ich. »Nicht richtig.«

»Hast du nicht Lust, mit mir nach Hause zu kommen? Dann bekommst du eine Tasse Kaffee. Ich habe das Gefühl, dir einen Gefallen zu schulden.«

»Okay«, sage ich.

Ich schaue mich um. Wo wir wohl sein mögen? So weit das Auge reicht, gibt es Gärten und rote Backsteinhäuser, doch andere Menschen sind nicht zu sehen. Wir sind die beiden Einzigen auf dem Weg.

»Großartig!«, sagt er und schwingt sich aufs Fahrrad. »Kommst du?«

Ich kapiere nichts von alldem. Aber ich habe Lust, ihm bis ans Ende der Welt zu folgen. Das ist das Einzige, was ich weiß.

»Ja«, sage ich.

»Hervorragend!«

Ich setze mich auf den Sattel und folge ihm, doch er ist schon ein gutes Stück entfernt.

»Kommst du mit dahinten?«, ruft er.

»Ja«, erwidere ich außer Atem.

Ich höre ihn lachen. Dann verlangsamt er ein wenig das Tempo, damit ich aufschließen kann.

Erst jetzt fällt mir auf, dass er bloß eine dünne Jacke anhat.

»Frierst du nicht? Es ist doch schweinekalt«, sage ich.

Er schüttelt den Kopf.

»Die Jacke ist in Ordnung«, sagt er. »Du musst nur fester treten, dann wird dir warm.«

Er grinst und ich trete fester in die Pedale, überhole ihn. Ich höre ihn hinter mir johlen. Ich trete, so fest ich kann, bis meine Knie wehtun, trotzdem fährt er wieder mühelos neben mir her. Ich ringe nach Luft, fühle mich vollkommen erledigt und benommen im Kopf, ich weiß nicht, wie lange ich dieses Tempo durchhalten kann. Mir wird schwarz vor Augen. Ich möchte ihn bitten anzuhalten, verkneife es mir aber.

»Hier geht's lang«, sagt er.

Ich folge ihm um eine Kurve, und erst jetzt bemerke ich, dass wir auf dem Weg in die Stadt sind. Zu beiden Seiten des Fahrradwegs liegen hohe graue Gebäude, auf der Straße fährt ein schwarzes Auto an uns vorbei und der Verkehr wird dichter. Ich komme mir wie in einem Dämmerschlaf vor, alles flimmert, und es fühlt sich beinahe an, als würde ich durch die Stadt *gezogen.* Dann kommen die Geräusche. Sie tauchen langsam und mit zunehmender Intensität aus dem Nichts auf, als ob die Stadt auf einer anderen Frequenz senden würde. Doch jetzt sind sie deutlich. Ich höre Autolärm, eine Klingel, ein Quietschen, das immer lauter wird.

»Mir nach«, fordert er mich auf.

Er biegt auf die Straße und überquert eine Kreuzung. Ich fahre ihm hinterher. Ich sehe mich allerdings nicht vor, hoffe nur, dass er weiß, was er tut.

»Pass auf!«, ruft er.

Ich schaue auf, schaffe es aber nur noch, das Knistern von Funken wahrzunehmen, die von den Stromleitungen auf den Wagen prasseln, der auf mich zusteuert. Ich trete wie wild in die Pedale, komme aber aus dem Takt. Jetzt höre ich wieder das Klingeln. Ich stürze, lande auf der Stange und spüre, wie sich der Schmerz vom Schritt bis zum Bauch ausbreitet, schlucke ihn herunter, schwinge mich wieder auf den Sattel und trete noch ein einziges Mal in die Pedale. Das reicht gerade so. Hinter mir, nur wenige Meter vom Fahrrad entfernt, holpert der große gelbe Wagen vorbei und verschwindet um die Ecke wie eine träge Schlange. Das Klingeln ist in der Ferne zu hören. Ich drehe mich um und sehe, wie die Straßenbahn auf den Schienen davonschlingert.

»Bist du verrückt? Du wärst fast von der Fünf überfahren worden«, sagt er.

»Von was?«, frage ich. Ich bin vor lauter Schmerz immer noch benommen.

»Von der Linie Fünf. Du musst unter einem glücklichen Stern geboren worden sein.«

Er sieht mich mit einem Lächeln an. Seine Augen strahlen.

»Willkommen in Kopenhagen, Johannes!«

TEIL 2

BESETZT

7

»Stimmt etwas nicht? Du gibst keinen Mucks von dir.«

Raf gibt mir einen Klaps. Nicht fest, aber ausreichend, dass ich aufschaue. Wir sind von den Rädern abgestiegen und schieben sie neben uns her.

»Nee«, murmle ich. »Ich glaube, ich bin die Stadt nicht gewohnt.«

Ich weiß nicht, was ich sonst sagen soll. Wie bin ich hier gelandet, zusammen mit Raf? Das ergibt keinen Sinn, obwohl es sich irgendwie natürlich anfühlt.

»Die Straßenbahn hat dir sicher einen Riesenschreck eingejagt, was?«

Er grinst und gibt mir noch mal einen Klaps.

»Kopf hoch!«

»Was haben wir?«, frage ich.

»Wie meinst du das?«, wundert sich Raf.

»Welches Jahr haben wir?«

Er sieht mich an, als wäre ich vollkommen verrückt.

»Also, du bist wirklich drollig, Johannes.«

»Ja, entschuldige«, sage ich.

»Deshalb musst du nicht traurig sein. Es schadet nicht, ein bisschen originell zu sein.«

Wir gehen ein Stück, ich schaue auf die Erde. Dann bleibe ich stehen und sehe ihn an. Seine Augen sind blau. Natürlich wusste ich das schon, aber vielleicht habe ich noch nie richtig darauf geachtet. Bis jetzt.

»Was ist los?«, erkundigt er sich.

»Nichts«, sage ich. »Oder doch. Das, was ich eben gesagt habe.«

Er sieht mich an, kneift die Augen zusammen.

»Meinst du das ernst? All right. Wir schreiben immer noch das Jahr 1945. Den neunzehnten März, um genau zu sein. Komm!«

Er hüpft wieder aufs Fahrrad, aber diesmal wartet er auf mich. Wir fahren in gemächlichem Tempo nebeneinanderher, der kühle Wind streicht um mein Gesicht, es ist fast, als würden wir schweben, und zum ersten Mal habe ich Zeit, die Umgebung eingehender zu betrachten. Ich sehe all die hohen Gebäude, die dunklen Schaufenster und die abgewetzten roten Ziegelsteine. Kopenhagen während des Krieges. Das ist kaum zu fassen. Da entdecke ich eine zerbrochene Schaufensterscheibe. Und noch eine. Anstelle von Glas wurden drei große Holzbalken vor die Fensteröffnung gestellt und am Bürgersteig fallen mir nun die weißen Linien auf. Auf dem gesamten Weg befinden sich am Bordstein, der Radweg und Bürgersteig voneinander trennt, gepunktete weiße Linien.

»Was ist das?«, frage ich und deute auf die Linien.

»Das ist wegen der Verdunklung«, erklärt er. »Damit wir im Dunkeln etwas sehen können, denn es wird stockfinster, das sage ich dir. Man kann die Hand nicht vor Augen sehen. Daher ist es sehr angenehm, ein wenig geführt zu werden.«

Er überholt mich und fährt auf den Bürgersteig, wo er vom Fahrrad springt und es an die Wand lehnt. Er breitet die Arme aus.

»Wir sind da«, sagt er. »Das gute alte Frederiksberg. Das können sie uns weiß Gott nicht nehmen.«

»Wer?«, frage ich.

»Die Wehrmacht, du Dummkopf!«

Er grinst.

»Auch wenn sie es versuchen.«

8

Raf stürmt die Treppe hinauf. Seine Bewegungen haben etwas Leichtes. Er nimmt zwei Stufen auf einmal, während ich mich erneut anstrengen muss, um mitzukommen. Im Treppenhaus hängt ein merkwürdiger Geruch. Etwas süßlich. Und zugleich auch wieder nicht, denn der süße, leicht eklige Geruch wird von etwas Saurem und Stechendem überlagert. Vielleicht Rauch? Von Zigaretten? Ich kann diesen Geruch nicht ausstehen, deshalb habe ich bislang auch nicht zu rauchen versucht. Magnus hat angefangen und fragt die ganze Zeit, ob ich es nicht mal probieren wolle, doch ich finde, es stinkt, und seine Kleidung riecht den Rest des Tages danach.

»Hier ist es«, sagt Raf und öffnet die Wohnungstür.

Ich folge ihm in den Flur. Er ist klein und schmal, an einem Haken hängen ein paar Mäntel und auf einem flachen Regal am Boden stehen verschiedene Schuhe. Braune, schwarze und rote. Ich schaue mich um. Es ist eng und stickig hier.

»Hast du Gäste mitgebracht?«

Die Stimme kommt aus einem der anderen Zimmer in der Wohnung. Ich kann nicht ausmachen, woher, höre aber, dass es eine Frauenstimme ist.

»Stimmt!«, ruft Raf. »Ich habe Johannes mitgebracht, Mutter. Und wir haben Kaffeedurst.«

Er lächelt mich an.

Da erscheint Rafs Mutter in der Tür.

»Dann setze ich welchen auf«, sagt sie. »Guten Tag, Johannes.«

Sie ist klein und hat braunes Haar, das zu einer Art Dutt zusammengebunden ist, und trägt ein gestreiftes Kleid, das ihr bis knapp unter die Knie reicht.

»Guten Tag«, sage ich. »Danke, dass ich Ihre Wohnung ansehen darf.«

Ich weiß nicht, warum ich ausgerechnet das gesagt habe. Aber ich kann hören, wie albern es klingt. Zum Glück fängt sie an zu lachen.

Sie haben exakt das gleiche Lachen. Laut und schallend.

»Nun dann«, sagt sie. »Was hast du bloß für einen höflichen Freund gefunden, Raf.«

»Ja, er ist ganz besonders. Du solltest ihn erst mal auf einem Rad sehen. Johannes wäre beinahe von der Fünf überfahren worden.«

»Ja, man muss sich in der Stadt in Acht nehmen«, sagt sie. »Bist du nicht von hier?«

»Nee«, murmle ich. »Ich bin aus Birkerød.«

»Sieh mal an. Und woher kennt ihr euch?«

»Also, wir sind uns eben zufällig begegnet. Das kann man doch so sagen, oder?«

Er sieht mich an.

»Ähm, ja«, erwidere ich etwas zögernd.

»Johannes war so freundlich und hat mich darauf aufmerksam gemacht, dass ich meine Mütze verloren hatte. Und daher fand ich, dass er zum Dank eine Tasse Kaffee verdient hat.«

»Läufst du immer noch mit dieser Mütze herum?«, sagt sie und kneift die Augen ein wenig zusammen.

»Ich habe sie doch nicht auf, Mutter. So dumm bin ich nicht. Sie ist bloß in der Tasche.«

»Dieser alte Fetzen.«

»Ja, dieser alte Fetzen.«

»Solange sie in der Tasche bleibt ... oh, der Kaffee ist fertig. Darf es ein Zuckerschluck sein?«

Sie sieht mich unvermittelt an.

»Wie?«, frage ich.

»Ja, Mutter, du musst entschuldigen. Johannes hat es damit, ziemlich oft ›Wie?‹ zu sagen.«

»Aber deshalb sollte er nicht aufgezogen werden. Und ich nehme das als Ja, Johannes. Der Kaffee kommt gleich. Setzt euch schon mal in die Stube.«

»Danke«, sage ich, schaue zu Boden und fühle mich unweigerlich ein bisschen dumm.

»Komm!«, sagt Raf.

Ich folge ihm ins Wohnzimmer, das heller und größer als der Flur ist. Durch zwei große Fenster fällt das bleiche Licht mitten in den Raum und beleuchtet einen runden Esstisch. Raf schiebt zwei Stühle zurück.

»Bitte sehr«, sagt er.

Ich setze mich. Im Wohnzimmer gibt es nicht viele Möbel. Den Esstisch, einen kleinen Schrank mit Büchern, einen Schreibtisch und ein Klavier.

»Ahhh«, macht Raf.

Er hat sich mir gegenüber hingesetzt, lehnt sich auf dem Stuhl zurück und blinzelt. Er sieht gut aus, wie er da im Licht sitzt, und strahlt etwas Majestätisches aus.

»Ein Schlückchen Kaffee wird uns guttun. Oder etwas, das daran erinnert. Magst du Rich's?«, erkundigt er sich.

»Ja, der ist gut«, antworte ich, ohne zu wissen, wovon er spricht.

»Ich habe tatsächlich noch nie richtigen Kaffee getrunken«, sagt er.

»Wie?«, sage ich.

»Der ist ja überhaupt nicht zu bekommen. Aber auf der anderen Seite, wenn man nicht weiß, wie er schmeckt, weiß man auch nicht, was einem entgeht, oder?«

Ich zucke mit den Schultern. Mir tut es gut, wenn er einfach drauflosredet. Dann brauche ich selbst nicht so viel zu sagen.

»Meine Mutter sagt, richtiger Kaffee schmeckt himmlisch, aber ich glaube nicht, dass sie jetzt einen Unterschied schmecken würde. Wir haben in den letzten Jahren nichts anderes als Ersatz getrunken.«

»Nein«, sage ich und versuche zu lächeln, was jedoch nicht ganz überzeugend wirkt.

»Sag mal, Johannes, kennen wir uns?«

»Wie meinst du das?«, sage ich.

»Hm, ich weiß nicht. Das war bloß so ein Gefühl gerade eben. Es ist, als hätte ich dich schon mal gesehen.«

Mir bleibt keine Zeit für eine Antwort, denn in diesem Moment kommt seine Mutter ins Wohnzimmer. Sie trägt auf einem kleinen Tablett zwei Tassen und eine Schüssel mit etwas, was ich nicht kenne. Es ähnelt hellen Brotscheiben.

»Hier ist ein wenig Kaffee und Sandkuchen«, sagt sie.

»Danke, Mutter«, antwortet Raf.

»Ich husche geschwind in den Waschkeller. Kommt ihr zurecht?«

»Das kannst du glauben. Nicht wahr?«

Ich nicke.

»Ja«, sage ich. »Und danke. Das sieht lecker aus.«

»Du bist drollig«, amüsiert sie sich.

Daraufhin geht sie.

»Also«, sagt Raf, »ran an den Würfelzucker.«

Er nimmt von der Untertasse ein Stück Zucker, tunkt es in den pechschwarzen Kaffee, steckt es zwischen die Zähne und nimmt dann einen Schluck Kaffee.

»Aaaahhhhh«, macht er von Neuem.

Ich mache es ihm nach. Nehme ein Stück Zucker zwischen Zeigefinger und Daumen. Tunke es in den Kaffee, stecke es zwischen die Zähne, führe den Kaffee zum Mund und trinke. Es brennt auf der Zunge, doch dann kommt der Geschmack. Die Süße des Zuckers mischt sich mit etwas Bitterem und Würzigem. Pfui Teufel! Es schmeckt wahnsinnig schlecht.

»Herrlich«, sage ich.

Raf grinst.

»Ha, mich schwindelst du nicht an! Ich sehe, dass du es überhaupt nicht leiden kannst. Aber nimm doch stattdessen ein Stück Kuchen. Den magst du bestimmt.«

Er reicht mir die Schale, aus der ich eine Scheibe nehme. Das ist gleich besser. Es ist trocken und zerkrümelt im Mund, aber die Kombination aus bitterem Kaffee und trockenem Sandkuchen ist gar nicht übel. Schmeckt sogar richtig gut.

»Das hat was«, sage ich vollkommen überrascht und lächle. Diesmal ehrlich.

»Ja klar hat das was«, grinst Raf und haut auf den Tisch, dass die Tassen klirren.

»Rich's und Sandkuchen, Mensch!«

»Das passt«, sage ich.

»Was hast du gesagt?«, fragt Raf.

»Das passt einfach richtig gut zusammen«, antworte ich. Plötzlich bin ich bester Stimmung. Vielleicht liegt das am Zucker. Oder bloß an dem Gefühl, hier mit Raf Kaffee zu trinken. Wie ein richtiger Mensch. Wie ein Erwachsener.

»Prost!«, sage ich.

Ich hebe die Kaffeetasse und schaue zu Raf.

»Prost!«, ruft er aus und stößt mit seiner Tasse an. »Du bist einfach köstlich. Ich kann dich gut leiden.«

»Gleichfalls!«, entgegne ich und spüre, wie ich rot werde.

»Ha, schon in Ordnung, Meister«, grinst Raf.

Ich nicke in Richtung des Klaviers.

»Spielst du darauf?«

»Ja«, sagt Raf. »Ich bin in der Tat ein recht brauchbarer Pianist, wenn ich das so sagen darf. Meine Eltern waren der Ansicht, dass ich Klavier lernen sollte, also habe ich damit angefangen, als ich sieben Jahre alt war. Bei Frau Jacobsen. Die war streng, sage ich dir. Streng, aber gut.«

»Magst du etwas vorspielen?«

»Nicht jetzt. Ich muss dazu in Form sein. So ist das halt. Ich kann mich nicht einfach hinsetzen und spielen. Außerdem klingt es mit einem Partner besser.«

»Mit wem spielst du?«

»Meistens mit Aksel, dem Bruder meiner Mutter. Er ist ein Ass auf der Geige. Du wirst ihn sicher mal kennenlernen. Er taucht hier häufig auf. Wenn er wieder mal Zeitungen vorbeibringt, du verstehst.«

Er zwinkert mir zu, ich nicke einfach und schlucke noch ein bisschen vom Sandkuchen hinunter. Jetzt schaffe ich aber bald nichts mehr davon.

»Komm, lass uns in mein Zimmer gehen«, sagt er und steht vom Tisch auf. »Ich muss dir was zeigen.«

9

»Also, hier wohne ich«, sagt Raf und breitet die Arme aus.

Das Zimmer ist klein. Es ist gerade so Platz für ein Bett, einen Schreibtisch und ein Bücherregal. Auf dem Regal steht ein ausgestopfter Vogel und an der Wand hängt ein gelb-blaues Plakat mit der Zeichnung eines Luftschiffs. Unter dem Luftschiff steht auf Deutsch: *Graf Zeppelin*. Darunter dann in Großbuchstaben: NACH SÜDAMERIKA IN 3 TAGEN!

»Ist das nicht großartig?«, fragt Raf.

»Ja«, antworte ich. »Total verrückt.«

»Ja, so etwas können sie gut konstruieren.«

»Wer?«

»Die Deutschen natürlich. Das sind zwar schlimme Dreckskerle, aber ihre Maschinen sind tadellos.«

»Aha«, sage ich.

»Es ist zweihundertdreißig Meter lang. Oder war. Sie bauen keine mehr. Bedauerlicherweise. Als ich klein war, hat mich der Überflug völlig in den Bann gezogen. Es war mehrmals überall auf der Welt.«

»Warum bauen sie keine mehr?«

»Wie meinst du das? Hast du nichts von dem Unglück gehört?«

Ich schüttle den Kopf.

»Einem anderen Zeppelin, der *Hindenburg*, ist ein Unglück passiert. Mein Vater hat es mir aus der Zeitung vorgelesen. Es brannte in kürzester Zeit nieder. Wusch! Dann war es weg. Es befanden sich siebenundneunzig Personen an Bord, von denen sechsunddreißig starben.«

»Wahnsinn.«

»Ja, das kannst du wohl sagen. Jedenfalls beschloss man, die Produktion einzustellen. Vielleicht war das eine gute Idee.«

Er betrachtet das Plakat.

»Die gute alte *Graf*. Wären sie nur bei Luftschiffen geblieben. Ach, ich wollte dir ja unbedingt etwas zeigen.«

Er wühlt kurz in einer Schublade. Währenddessen gehe ich zum Fenster und blicke über die Dächer. Ein Vogel landet auf einer Dachrinne und fliegt wieder fort. Auf der Fensterbank steht eine kleine Schale mit etwas drin, was wie Patronen aussieht. Ich nehme eine. Drehe sie in meiner Hand herum. Sie ist goldfarben und an einem Ende schwarz.

»Was ist denn das hier?«

»Alte Patronenhülsen«, erklärt Raf. »Als ich jünger war, habe ich sie gesammelt. Gleich zu Beginn. Sie lagen überall auf der Straße herum, wenn es Scherereien gegeben hatte. Vor allem im letzten Jahr. Nach dem Streik. Doch da hatte ich bereits das Interesse verloren. Jetzt finde ich nur noch, dass es sehr putzig ist, sie zu haben. Die sind eines Tages sicherlich eine Menge wert. Wir werden sehen. Ach, hier ist es.«

Er hält ein Buch in der Hand. Ein kleines schmales, auf dessen hellbrauner Vorderseite in Rot *Krieger ohne Waffen* steht.

»Morten Nielsen. Kennst du ihn?«

Ich schüttle den Kopf.

»Er ist leider schon tot. Er wurde nur zweiundzwanzig und konnte nur das hier schreiben. Aber ich sage dir, es ist richtig gut. *Wer kämpft, verliert nie ganz.* Ist das nicht wunderbar gesagt?«

»Ja, stimmt«, sage ich. »Woran ist er gestorben?«

»Es heißt, es war ein Unfall mit einer Schusswaffe. Doch ich glaube, das waren die Deutschen. Mein Onkel hat ihn gekannt und es auch für mich signieren lassen. Sieh mal!« Er öffnet das Buch und zeigt mir die erste Seite. Unter dem Titel steht mit schönen handgeschriebenen Buchstaben:

Für Raf von Morten Nielsen.

»Er hat sogar meinen Spitznamen benutzt. Da bin ich mächtig stolz drauf. Hör dir mal mein Lieblingsgedicht an.« Er richtet sich auf, atmet tief ein und lächelt mich an. Dann räuspert er sich und liest vor:

»Die Nacht ist hell, doch unterm Mond Wolken ziehen vorüber.

Am Rain beugen sich schlafende Blumen im Winde herüber.

Der Flieder nun verwelkt ist, doch die Rosen erblühen
schmerzhaft und lieblich, wie zwei Menschen heimlich glühen …
Die Nacht bringt alles nah. Es klingt hohl in der Ferne.
– – Wir gehen zusammen Hand in Hand in einen Sterne.«

Er sieht mich an.

»Das ist gut, nicht wahr?«

»Stimmt«, sage ich. »Aber was bedeutet das?«

»Das weiß ich nicht genau. Es bedeutet wohl alles Mögliche. Aber das Bild am Schluss. Dieser Satz. Dass sie Hand in Hand in einen Stern gehen. Das geht mir nicht mehr aus dem Kopf. Ich glaube, es bedeutet, dass sie einen besonderen Augenblick teilen. So verstehe ich das. Ich weiß nicht. Ich finde es bloß wunderschön. Es muss doch nicht alles einen Sinn ergeben. Und es ist hervorragend geschrieben, das musst du zugeben.«

Ich nicke.

»Langweile ich dich?«, fragt er plötzlich.

»Nein, nein«, antworte ich. »Überhaupt nicht. Es ist einfach ein komischer Tag gewesen. Ich weiß nicht. Das ist eine lange Geschichte. Als wäre ich nicht ganz ich selbst.«

»Das kenne ich gut. Es gibt vermutlich niemanden, dem es dann und wann nicht auch so geht.«

»Ja, das stimmt vielleicht«, sage ich.

»Natürlich stimmt das. Du kannst mir glauben.«

Er lächelt, klappt das Buch zusammen und legt es auf den Schreibtisch.

»So!«, sagt er. »Schluss mit dem Aufsagen von Gedichten. Lass uns in den Hof gehen und nachsehen, ob einer der Lausbuben da ist. Wir brauchen jetzt etwas Tabak!«

10

Raf stößt die Tür zum Hof auf. In einer Ecke ist eine Gruppe von kleinen Jungen und Mädchen versammelt. Sie stehen im Kreis und sind mit irgendeinem Spiel beschäftigt. Ein paar Jungen tragen die gleichen Hosen wie Raf. Merkwürdig weite Hosen, die direkt unterhalb des Knies aufhören, und eng anliegende, karierte Strümpfe, bis zur Mitte des Schienbeins hochgezogen. Die Mädchen tragen Kleider oder Röcke.

Raf geht zu ihnen hinüber.

»Tag, Leute«, sagt er.

Ein kleines Mädchen mit rotem Pullover dreht sich um und sieht uns an. Ihre Augen strahlen, als ihr bewusst wird, dass Raf mit ihr spricht. Sie hat große Augen und schmale Lippen. Und ihr Haar ist mit einer Spange hochgesteckt.

»Hallo, Raf«, sagt sie.

»Hast du deinen großen Bruder gesehen?«, erkundigt er sich.

Sie nickt.

»Ulrik ist mit den anderen unterwegs«, sagt sie.

»Danke«, sagt Raf.

Dann dreht er sich zu mir um.

»Das hier ist Johannes«, erklärt er.

»Hallo, Johannes«, sagt sie.

»Hej«, entgegne ich.

Sie lächelt mich an.

»Wir dampfen zu den Jungs ab«, sagt Raf. »Meine Mutter ist gerade in der Waschküche. Könntest du ihr sagen, falls du sie siehst, dass wir in ein paar Stunden zurück sind?«

Sie nickt wieder, beißt sich auf die Unterlippe. Sie ist süß. Dann macht sie auf dem Absatz kehrt und geht zu den anderen zurück. Sie haben mit dem Spielen aufgehört und betrachten stattdessen Raf und mich. Einige der Jungen stupsen sich an. Da fasst einer von ihnen offenbar Mut.

»Raf!«, ruft er.

»Ja, Kim«, antwortet Raf.

»Was bedeutet SS?«

»Keine Ahnung, Kim. Sag's mir.«

»Stummelsammler!«

Alle Kinder lachen.

»Haha, der war gut, Kim. Macht's gut.«

Sie wenden sich wieder ihrem Spiel zu und das Mädchen im roten Pullover verschwindet in der Gruppe. Ich schaue ihr nach.

»Komm schon, Johannes!«, fordert mich Raf auf. »Die Kleinen können das den ganzen Tag machen. Lass uns nach den Jungs suchen.«

11

»Ah, da sind ja die feinen Pinkel. Schau sie dir bloß an«, sagt Raf.

Auf der Straße steht eine Gruppe von Jungen in einem kleinen Haufen zusammen. Ich kann nicht sehen, was sie tun, wahrscheinlich stehen sie bloß rum und reden, einer von ihnen hat einen Fußball unterm Arm. Sie scheinen in Rafs Alter zu sein, wenngleich einige schon älter wirken. Ein paar von ihnen tragen Hosen in der Art wie Raf. Andere haben engere Hosen wie ich. Trotzdem sehen sie mir nicht ähnlich, natürlich nicht. Einige tragen lange, dunkle oder graue Mäntel. Zwei von ihnen haben unter dem Mantel Krawatten, und ein dritter, pummeliger Typ trägt einen braun karierten Pullover, aus dem ein großer weißer Hemdkragen an einer Seite herausragt.

»Raf!«, ruft einer von ihnen plötzlich mit dunkler, tiefer Stimme.

»Ulrik«, sagt Raf und strahlt.

Der Größte in der Gruppe, der offenbar Ulrik heißt, tritt einen Schritt zur Seite und wendet sich uns zu.

»Da ist er ja. Der Künstler des Viertels.«

»Ach, hör bloß auf!«, entgegnet Raf.

Beide grinsen.

»Und wen haben wir denn da?«, fragt Ulrik.

Er nickt in meine Richtung.

»Das ist Johannes. Mein neuer Kumpel. Wir haben gehofft, du könntest uns etwas Tabak beschaffen.«

»Leider nicht. Ich habe eben meine letzte geraucht. Das Päckchen ist leer.«

Er zieht eine kleine, zerknitterte Packung aus der Tasche.

»Und du, Mops?«, fragt Raf.

Der pummelige Junge in dem Haufen schüttelt den Kopf.

»Aber du hast doch versprochen, etwas zu besorgen«, sagt Ulrik.

Die Art der Frage hat etwas Feindseliges.

»Ja, schon«, murmelt Mops.

»Du musst deine Verbindungen nutzen.«

Ein paar Jungen grinsen, während Mops bloß zu Boden blickt.

»Wir waren gerade auf dem Weg in den Nørrebropark und wollten mit dem hier ein wenig herumbolzen«, sagt Ulrik.

Er wirft den Fußball in die Luft und fängt ihn wieder auf.

»Um uns aufzuwärmen. Wollt ihr mit?«

Raf schaut mich an.

»Spielst du Fußball?«, erkundigt er sich.

Ich zucke mit den Schultern.

»Manchmal«, sage ich.

»Das reicht mir schon. Die Kerle hier sind weiß Gott auch keine Naturtalente auf dem Fußballplatz.«

»Redest du von dir?«, sagt Ulrik.

»All right. *Mops* ist kein Naturtalent. Einverstanden?«

»Einverstanden«, grinst Ulrik.

Der Rest der Gruppe grinst ebenfalls, mit Ausnahme von Mops.

»Kopf hoch, Mops!«, sagt Ulrik.

Er geht zu ihm und schlingt den Arm um ihn.

»Du kannst doch im Tor stehen.«

Da grinsen die Jungen noch breiter.

»Alles klar«, sagt Ulrik. »Auf geht's!«

12

Wir laufen in der großen Gruppe den Bürgersteig entlang. Warum zum Teufel habe ich Ja gesagt, als Raf mich gefragt hat, ob ich Fußball spielen würde? Ich bin nicht sonderlich gut, komme zwar einigermaßen klar, aber einige der Jungen sind deutlich größer als ich. Mops ist beinahe doppelt so ... doppelt so massig, in der Breite, aber immerhin. Und Ulrik ist sogar noch größer als Raf. Insgesamt sieht er absolut fantastisch aus. Er ist schlank, hat breite Schultern, blondes Haar und ist braun gebrannt, obwohl es erst März ist. Ich muss ihn die ganze Zeit ansehen. Außerdem sind da noch ein etwas kleinerer Kerl namens Jørgen, die Zwillinge Erik und Ejnar und zwei Weitere, deren Namen ich nicht verstanden habe. Ulrik läuft mit Raf vorneweg. Über was sie sprechen, kann ich nicht hören. Neben mir läuft Mops, schwer atmend und mit einem seltsam hinkenden Gang.

»Woher kennst du Raf?«, erkundigt er sich.

Ich werde plötzlich völlig nervös. Was soll ich bloß sagen, damit er nicht glaubt, ich spinne?

»Von keinem bestimmten Ort her«, sage ich dann. »Wir sind uns zufällig begegnet. Ich kenne ihn nicht so gut.«

Mops nickt.

»Er war plötzlich einfach da«, sage ich.

Und das ist keine Lüge.

»Typisch Raf«, murmelt Mops.

»Wie das?«

Er atmet wieder schwer. Als ob er vor seiner Antwort ein zusätzliches Mal nachdenken müsste. Ich mag ihn. Er hat etwas Verletzliches. Und in gewisser Weise etwas Aufrichtiges.

»Raf ist besonders«, sagt Mops.

»Inwiefern?«

»Das ist schwer zu beschreiben. Es passiert immer was, wenn man mit ihm zusammen ist. Du wirst sicherlich noch herausfinden, was ich meine.«

Ich nicke und sage nichts mehr.

»Wo kommst du her?«, fragt er.

»Aus Birkerød«, antworte ich.

»Sehen in Birkerød alle so aus?«

Er mustert mich von oben bis unten. Doch nicht auf eine wertende Weise. Zumindest fasse ich das nicht so auf.

»Ja, alle«, sage ich.

»Eine ungeheuer schicke Jacke«, sagt er und lächelt.

»Danke«, gebe ich zurück.

Ich gucke an mir herunter. Ich habe meine schwarze Jeans an, mit der ich immer herumlaufe. Und die weißen Sneakers von Nike, einen grauen Kapuzenpulli und die rot-schwarze Daunenjacke von North

Face, die ich zu Weihnachten bekommen habe. Über die Magnus schon so oft blöde Kommentare abgegeben hat. Auf einmal wollten alle in der Klasse solch eine haben. Und es *musste* die orangefarbene mit den schwarzen Schultern sein. Magnus bekam als Erster eine. Selbstverständlich. Er kann seinen Eltern alles entlocken. Und als ich schließlich auch eine bekam, war es natürlich die falsche. Im Laden habe es keine orangen mehr gegeben, behauptete mein Vater. Also bekam ich stattdessen eine rote. Magnus hätte beinahe vor Lachen gekotzt, als er sie sah.

»Woraus besteht die eigentlich?«, fragt Mops.

Er streicht mit einer Hand über meinen Ärmel. Es fühlt sich ein bisschen seltsam an, dass er das einfach macht, ohne zu fragen, und ich hoffe, dass keiner der anderen es bemerkt hat.

»Das weiß ich nicht so genau. Ist das nicht Nylon oder etwas in der Art?«, sage ich.

»Stabiles Material«, sagt er und nickt vor sich hin.

»Ist Mops eigentlich dein richtiger Name?«, frage ich.

»Nein, ich heiße Daniel. Ulrik kam damals auf die Idee. Sag mal, findest du, dass ›Daniel‹ und ›Mops‹ irgendwie ähnlich klingen?«

»Nee.«

»Nicht wahr? Ich verstehe das auch nicht. Aber sie nennen mich immer so. Sie sind schon in Ordnung. Das ist es nicht. Ich wünschte bloß, sie würden mich anders nennen. Ein etwas besserer Name. So wie Raf.«

»Was bedeutet das eigentlich?«

»Was bedeutet *was*?«

»Raf. Wieso nennt ihr ihn so?«

»Weißt du das denn nicht? Ich dachte, alle wüssten das.«

Er bleibt stehen und deutet mit dem Zeigefinger zum Himmel.

»Die Engländer«, sagt er.

»Wie?«, sage ich.

»Royal Air Force.«

Ich schaue ihn fragend an.

»Raf war der Erste, der ...«

Weiter kommt er nicht, da Raf uns in diesem Moment unterbricht.

»Was machst du ihm jetzt schon wieder weis, Mops?«

»Dies und das.«

»Ja, das kann ich mir lebhaft vorstellen. Also, wir sind da. Seid ihr bereit?«

Wir haben keine Zeit zu antworten, da hat er sich bereits umgedreht und geht weg.

Er läuft zu Ulrik, boxt den Ball unter dessen Arm weg und schießt ihn mit aller Wucht in die Luft.

»He!«, ruft Ulrik, doch da ist Raf bereits fort.

»Auch das ist typisch Raf«, sagt Mops. »Man muss ihn ständig im Auge behalten.«

Wir bilden zwei Mannschaften. Ich gehöre zu der mit Mops, Ulrik, Jørgen und einem der Zwillinge. Ulrik teilt die Mannschaften ein, also kann ich nicht viel machen, aber ich wäre gern mit Raf in einer Mannschaft. Er scheint gut zu sein. Noch bevor das Spiel losgeht, saust er umher und heizt die Stimmung an.

»Sieh ihn dir an«, grinst Ulrik. »Er ist völlig wahnsinnig.«

Raf führt den Anstoß aus, bewegt sich ungeschickt wie ein Anfänger vorwärts, ein bisschen zu weit nach rechts und brettert den Ball aufs Tor. Doch er verfehlt sein Ziel deutlich.

»UUIIII!«, ruft Raf.

Alle Jungs grinsen und auch ich kann mir das Lachen nicht verkneifen.

Dann spielt Mops den Ball nach vorne. Das dauert. Ein Bein humpelt ein wenig, das ist jetzt deutlich erkennbar, da ich ihn rennen sehe, er zieht es nach, ganz steif und unbeholfen, doch im Unterschied zu Raf beherrscht er tatsächlich die Technik. Er gibt mit der Innenseite an mich ab. Ich stehe am Rand des Spielfelds und hatte gehofft, mich dort verbergen zu können, aber jetzt kommt der Ball. Er hüpft über die holprige Wiese, ehe ich ihn mit dem Fuß stoppe. Ich trete auf ihn, damit er vor mir liegen bleibt, ziehe dann zu einer Seite. Es ist ein alter, ausgebeulter Lederball, mit abgenutzten und ausgefransten Nähten, und ich spüre sofort, wie schwer er ist. Aus den Augenwinkeln sehe ich Raf auf mich zustürmen. Ich blicke auf und überlege, wieder an Mops abzugeben, doch das gelingt mir wegen Raf nicht. Er ist jetzt bloß wenige Meter entfernt. Ich muss etwas tun, und gerade als Raf in mich hineingrätschen will, bugsiere ich die schwere Lederkugel mit einer kurzen, raschen Bewegung über sein ausgestrecktes Bein, weiche ihm aus und gebe an Ulrik ab.

»Haha, reingelegt!«, ruft Mops.

Raf steht bloß da, guckt und sieht völlig sprachlos aus. Einen Moment lang befürchte ich, er könnte sauer auf mich sein, weil ich um ihn herumgedribbelt habe, doch seine Lippen verziehen sich zu einem breiten Grinsen.

»Donnerwetter!«, sagt er. »Das war ja ein Riesenkladderadatsch. Was bist du nur für ein harter Brocken.«

Er klopft mir auf den Rücken, sodass ich beinahe nach vorne falle.

Wir spielen noch ungefähr eine Stunde weiter, und obwohl ich der Kleinste auf dem Platz bin, habe ich keine Probleme, den Ball zu halten. Zu keiner Zeit verliere ich ihn. Es ist etwas völlig anderes, mit Magnus und den anderen Jungen Sport zu machen. Sie sind viel besser als ich. Natürlich gehen einige von ihnen auch zum Fußball, von den Jungen hier scheint das keiner zu tun. Hier kann ich plötzlich mitmachen. Ja, nicht bloß mitmachen, ich bin fast der Beste auf dem Platz. Es hilft auch, dass Raf und die anderen alles nicht so ernst nehmen. Sie albern eher herum. Ulrik und Raf sind ständig hintereinander her, aber mit einem Augenzwinkern, und die Namen, die sie sich zurufen, klingen wahnsinnig lustig.

»Du Grützkopf!«

»Du Pappvogel!«

»Du Schafskopf!«

»Du Essiggurke!«

»Du Schwachkopf!«

»Du Krätzmilbe!«

Auf dem Platz kann niemand richtig den Ball führen. Er hüpft und springt davon und ich muss mir ein Lachen verkneifen, als die Zwillinge Ejnar und Erik bei einem Zweikampf mit den Köpfen zusammenstoßen. Keiner von ihnen hat den anderen gesehen, als sie direkt aufeinander zurennen. Trotzdem ist Raf eindeutig der Schlechteste. Er bringt im Grunde nichts zustande. Er flitzt umher und tritt große Löcher in die Luft, grinst aber die ganze Zeit und hat anscheinend unendlich viel Energie. Irgendwann bekomme ich am Spielfeldrand den Ball zugespielt. Ich ziehe an der Seite entlang, allerdings zu weit, Ejnar hat die Seitenlinie erreicht, daher ändere ich die Richtung und dränge zur Mitte. Plötzlich habe ich eine Eingebung. Diesen Trick habe ich unzählige Male bei Magnus gesehen, ihn aber noch nie selbst ausprobiert. Ich wäre auf der Stelle angerempelt worden, wenn ich bei den Jungen zu Hause etwas Ähnliches versucht hätte, doch diese Jungen hier ... Das ist etwas ganz anderes. Ich beschließe, es zu versuchen, renne ein paar Meter ins Spielfeld hinein mit Ejnar auf den Fersen. Dann täusche ich vor, den Ball an Mops abzugeben, der sich in der Mitte befindet, doch anstatt zu schießen, bewege ich den Ball wieder zurück, in meine Richtung, hinter mein Standbein und an Ejnar vorbei, der einem Schuss hinterherrennt, der nicht kommt. Ich kann es selbst kaum fassen. Auf einmal bin ich vollkommen frei und kann den Ball mit einem sanften Triller vor das Tor bewegen, wo ihn Ulrik sicher hineinschießt.

»Tor!«, ruft Ulrik.

»Was ist denn da passiert?«, murmelt Ejnar.

»Deine Pluderhose war im Weg«, sagt Ulrik.

»DONNERWETTER!«, brüllt Raf wieder und rennt auf mich zu. Er grinst von Ohr zu Ohr. »Wie hast du das bloß gemacht?«

»Das war überirdisch!«, ruft Ulrik.

»Aber wie hast du das geschafft?«, fragt Raf erneut.

»Glück«, sage ich. »Ich glaube, ich hatte einfach Glück.«

13

Nach dem Spiel sitzen wir auf der Wiese und verschnaufen. Mir geht es fantastisch. Ich habe noch nie zuvor so gut gespielt. Ich fühle mich ganz berauscht, mein Herz klopft und ich bin schweißnass. Ich lege mich rücklings ins Gras, falte die Jacke unter dem Nacken zu einem Bündel und betrachte die vorbeiziehenden Wolken. Der Boden ist am Rücken kühl. Um mich herum höre ich, wie Raf, Mops, Ulrik und die anderen Jungen über irgendetwas diskutieren. Es geht um Mops' Bruder. Raf spricht natürlich am lautesten. Da schießt mir ein Gedanke durch den Kopf und ich grinse ein bisschen vor mich hin. Nein, das wäre zu dumm. Ich bin doch nicht verrückt. Aber dann mache ich es trotzdem. Ich nehme einen Arm zur Seite und schiebe die Hand unter das Sweatshirt und T-Shirt, ohne dass es einer der anderen sieht. Direkt über der Hüfte erwische ich ein winziges Stück Haut und drücke schnell so heftig wie möglich zu. Ein kurzer, stechender Schmerz jagt durch meinen Körper. Genau so, wie ich es mir vorgestellt habe.

All das passiert wirklich. Es ist kein Traum. Ich liege tatsächlich hier.

»Träumst du vor dich hin?«, fragt Raf.

»Wie? Nein!«, sage ich. »Ich habe nur nachgedacht.«

»Tja, lass das nur nicht zur Gewohnheit werden.«

Er gibt mir einen Klaps und lächelt.

»Ich bin nach dem Spiel bloß ein bisschen müde.«

»Ja, du hast uns auch gründlich auf unsere Plätze verwiesen. Autsch! Ich wusste nicht, dass ich *dermaßen* schlecht Fußball spiele, aber jetzt weiß ich es.«

Er grinst.

»Also, normalerweise spiele ich überhaupt nicht so. Ich weiß gar nicht, was passiert ist.«

»Es war, als hättest du nach deinen eigenen Regeln gespielt. Beeindruckend.«

»Danke«, sage ich ein wenig verlegen.

Ich spüre, wie meine Wangen warm werden.

»Mehr Lob verträgst du wahrscheinlich heute nicht mehr«, frotzelt er.

Er sieht sich um.

»Jungs, weiß jemand, wie spät es ist?«

»Kurz vor sechs«, antwortet Ulrik.

»Dann müssen wir nach Hause.«

»Was gibt's bei euch zu essen?«, fragt Mops.

»Ich glaube, Frikadellen«, sagt Raf.

»Ihr glücklichen Kartoffeln«, sagt Ulrik.

»Ja, die gibt's wahrscheinlich auch.«

Er muss selbst über seine Bemerkung lachen und steht auf.

»Macht's gut. Wir sehen uns morgen. Komm, Johannes!«

Ich bin mir nicht sicher, ob ich den Jungen zuwinken soll oder nicht, daher wird es ein etwas ungeschicktes Zwischending, bei dem ich die Hand hebe und leicht hin und her wackle, bevor ich sie wieder senke und an meine Seite fallen lasse. Manchmal könnte ich mich einfach erschießen. Zum Glück scheinen weder Ulrik noch die anderen etwas zu bemerken. Dann gehen wir.

»Hier habe ich mal gewohnt«, erklärt Raf, als wir den Park verlassen.

»Wo?«, frage ich.

»Na, hier in Nørrebro. Ich bin genau dort drüben in einer Wohnung auf die Welt gekommen. Direkt um die Ecke.«

Er zeigt auf ein paar Gebäude ein Stückchen entfernt.

»Ich wurde wirklich auf dem Esstisch mit der Zange geholt.«

»Mit was?«

»Haha, ja, das klingt vielleicht ein bisschen grob, aber so heißt das. Wenn ein Kind nicht rauswill. Dann führen sie eine Zange ein, packen den Kopf und ziehen. Sie wird direkt hinter den Ohren angesetzt. Deshalb habe ich so lange Ohren, guck mal!«

Er zieht an einem Ohrläppchen.

»Was ist dann passiert?«

»Dann wurde ich geboren. So fängt ja das Leben an. Vom Stichling zum Mann.«

Raf streckt den rechten Arm aus, ballt die Faust und spannt die Muskeln an, während er mir zuzwinkert.

»Damals lebten wir in einer kleinen Zweizimmerwohnung. Es gab nicht viel Platz, doch wir waren nur zu dritt, ich, meine Mutter und noch mein Vater.«

Er hält einen Moment inne.

»Er ist jetzt tot. Mein Vater.«

Er blickt zu Boden, tritt gegen einen Stein auf dem Bürgersteig.

»Vermisst du ihn?«, frage ich.

»Klar vermisse ich ihn. Er war nicht wie die anderen. Das kann ich dir sagen.«

»Was hat er gemacht?«

»Er arbeitete in einem Büro, aber er träumte davon, Künstler zu werden, glaube ich. Vielleicht Schriftsteller. Er war ständig mit irgendwelchen Büchern zu allen möglichen Themen beschäftigt. Sie flogen in der ganzen Wohnung herum. Geschichte, Architektur, Naturwissenschaft. Wenn er etwas nicht wusste, schlug er in einem Buch nach. So war das einfach. Natürlich hat er auch alle großen Romane gelesen. Besonders die Russen gefielen ihm. Turgenjew, Dostojewski und Tolstoi. Er hat mir auch vorgelesen. Meist Dumas oder etwas in der Art. *Die drei Musketiere* und so was. Und die Indianerromane von James Fenimore Cooper. Die habe ich besonders geliebt. Ja, eigentlich mag ich sie immer noch. Kennst du ihn?«

Ich schüttle den Kopf.

»Ich konnte beim Vorlesen mucksmäuschenstill daliegen. Manchmal war er derart gefesselt von der Geschichte, dass er vollkommen vergaß, dass er kurz zuvor gesagt hatte, er wolle nur noch ein Kapitel lesen. Dann traute ich mich nicht mal mehr zu atmen vor lauter Angst, er könne bemerken, dass ich immer noch wach war und zuhörte.«

»Ich glaube, ich habe möglicherweise den Film gesehen«, sage ich. »Also, *Die drei Musketiere.*«

»Gibt es davon einen Film? Das habe ich nicht gewusst, ich kenne nur die Bücher. Ich war völlig verrückt nach den *Drei Musketieren*, als ich jünger war. Wenn du gleich diese Geschichte hörst, glaubst du bestimmt, ich lüge, aber eines Tages haben Ejnar und ich im Hof miteinander gefochten. Nur aus Jux selbstverständlich, und anstelle von Degen hatten wir einen Besenstiel in zwei Teile zersägt. Mit denen haben wir dann gefochten. Ich wusste aus Büchern, dass man zu Beginn eines Kampfes immer *En garde!* sagen muss. Es sollte schließlich alles ordentlich ablaufen, verstehst du, aber das wusste Ejnar nicht. Er hat mir direkt auf die Rübe gehauen, sodass ich geblutet habe. Ich habe immer noch die Narbe davon. Guck!«

Er hebt den Pony, und ich tue so, als bräuchte ich ein paar Sekunden, um die Narbe zu entdecken, aber selbstverständlich befindet sie sich dort, wo sie immer gewesen ist, oben rechts an der Stirn, direkt am Haaransatz.

»Hat das wehgetan?«, erkundige ich mich.

»Ja, das hat wie verrückt wehgetan. Doch hauptsächlich vor Schreck. Ich weiß nicht, warum er das getan hatte. Er hatte noch nicht mal *En garde!* gesagt. Meine Mutter wurde mächtig wütend. Sie schimpfte meinen Vater aus und sagte, dass er mir nicht aus solchen Büchern vorlesen solle. Sie würden mich verderben und ich sei für so was zu jung. Hast du schon mal so was Verrücktes gehört? Na, zum Glück hat sich mein Vater nicht daran gehalten und mir weiter vorgelesen.«

Er macht eine Pause.

»Das ist eigentlich komisch.«

»Was ist komisch?«, frage ich.

»Manchmal ist es, als ob er nicht weg wäre. Als wäre er immer noch hier. Ich weiß, das klingt merkwürdig. Du glaubst bestimmt, ich bin meschugge.«

»Nee«, sage ich. »Das klingt sehr vernünftig.«

»Meinst du wirklich?«

»Ja, zumindest für mich. Ich glaube daran. Dass etwas nur für einen selbst Sinn ergibt, oder wie man das sagen soll. Was vielleicht niemand sonst versteht. Oder auf gleiche Weise erlebt. Ich weiß nicht, wie ich das beschreiben soll.«

»Ich verstehe völlig, was du meinst, Johannes. Darf ich dir was sagen? Was ich noch keinem anderen erzählt habe?«

Ich nicke.

»Ich rede mit ihm. Wirklich! Ich höre nicht nur seine Stimme. Ich spreche tatsächlich mit ihm. Über alles Mögliche. Ich habe meiner Mutter davon erzählt, doch sie ist überzeugt, ich bilde mir das bloß ein. Dass ich das träume. Oder mir das irgendwie vorstelle. Ich weiß nicht. Vielleicht hat sie recht.«

»Das glaube ich nicht«, entgegne ich.

»Ach nein?«

»Nein. Also, mein Vater sagt immer, dass er nicht an alles zwischen Himmel und Erde glaubt. Aber er glaubt an den Himmel und er glaubt an die Erde.«

»Dein Vater klingt wie ein kluger Mann.«

»Ja, vielleicht ist er das.«

Ich muss ein wenig über mich selbst lachen, als ich das sage. Es klingt so feierlich.

Raf fängt ebenfalls an zu grinsen.

»Unsere scheißklugen Väter. Sie sind verflixt noch mal genau richtig«, sagt er.

Er stößt einen lauten Schrei aus und schlingt einen Arm um meinen Nacken.

Wir bleiben an einer Kreuzung stehen, es fahren ein paar Fahrräder vorbei. Dann ein alter, klappriger Lastwagen. Der Wagen selbst wird von einem Pferd gezogen, auf dem Kühler sitzt ein Mann und lenkt, mit Zügeln und allem Drum und Dran. Das Auto, oder wie man es sonst bezeichnen könnte, tuckert direkt an uns vorbei. Ich stehe nur da und glotze.

»Hast du noch nie zuvor ein Brr-Auto gesehen?«, fragt Raf.

»Ähm, nein«, sage ich. »Du etwa? Wie hast du es noch mal genannt?«

»Ein Brr-Auto. Sag mal, was treibt ihr da eigentlich in Birkerød?«

»Nicht viel. Zumindest haben wir da keine Brr-Autos.«

Raf grinst.

»Das kommt noch«, sagt er. »Die Zeit der Wunder ist noch lange nicht vorüber.«

Wir ziehen weiter durch die Stadt. Allmählich geht die Sonne unter und taucht die Häuser in einen goldenen

Schimmer. Die Fenster funkeln in der Sonne. Ein Vogel fliegt von einer Straßenlaterne auf und lässt sich auf einer anderen nieder. Sein schwarzer Umriss schneidet ein Muster in die Luft. Seit ich Raf am Morgen begegnet bin, ist dermaßen viel passiert. Ich habe das Gefühl, als wären meine sämtlichen Sinne weit geöffnet. Alle Eindrücke werden vergrößert oder verzerrt. Als säße man dicht vor einem Fernseher oder Computer. Je dichter man vor dem Bildschirm sitzt, desto mehr löst sich das scharfe Bild auf und franst an den Rändern aus. Gleichzeitig entstehen aber neue Farben und Muster, die man noch nie zuvor gesehen hat. Mein Großvater ist tot, aber Raf läuft direkt neben mir. Das ergibt keinen Sinn, aber irgendwie schon. Zugleich ist mir komisch und ein bisschen unbehaglich zumute. Es muss einen Grund geben, weshalb ich hier bin. Es kann kein Zufall sein, dass ich hier gelandet bin.

Wir überqueren den Fußgängerüberweg und biegen um eine Ecke.

Alles geht so schnell, dass ich kaum bemerke, wie zwei Männer in dunklen Mänteln auf uns zukommen. Ich versuche, ihnen auszuweichen, aber zu spät. Es ist, als *wollten* sie in uns hineinlaufen. Ich stoße mit einem von ihnen zusammen, kann den Wollstoff des Mantels riechen. Den Geruch von altem Schweiß. Dann schaue ich hoch. Vor mir steht ein Soldat in voller Montur. Er ist im Alter meines Vaters und starrt mich mit leerem Blick an.

»Macht doch gefälligst die Augen auf, wenn ihr hier herumlauft!«, sagt er auf Deutsch.

Ich habe kein Wort verstanden. Er richtet seinen Kragen und klopft seine Uniform ab. Da entdecke ich den Totenkopf auf der Schirmmütze und sehe aus den Augenwinkeln heraus Raf, der ein wenig entfernt hinter dem anderen Soldaten steht. Völlig erstarrt schaut er zu Boden.

»Entschuldigung«, murmle ich.

Der Soldat sagt nichts weiter. Sieht mich nur an und grinst dann. Ein fahles, abgehacktes Grinsen.

Ich dränge mich an ihm vorbei und laufe zu Raf hinüber, ohne mich umzudrehen.

»Komm!«, sagt Raf.

Er packt mich fest am Arm.

»Lass uns zusehen, dass wir heimkommen.«

14

Zunächst höre ich nicht, was er sagt. Er schaut beim Gehen zu Boden, die Hände zu Fäusten geballt, und murmelt irgendetwas Unverständliches.

»Wie?«, frage ich.

Er bleibt stehen und sieht mich an.

»Schweine«, sagt er.

»Wen meinst du mit ›Schweine‹?«

»*Die* da sind Schweine. Ich hasse sie. Die verdammten Deutschen. Die glauben, dass ihnen alles gehört. Pfui, sie widern mich an, Johannes.«

Er läuft weiter.

»Außerdem haben sie ziemlich gestunken«, füge ich hinzu, bin mir aber nicht sicher, ob er mich hört.

»Zum Teufel noch mal!«, flucht Raf. »Ich hasse sie. Was für zwei alte Arschlöcher. Woanders können sie die sicher nicht gebrauchen, daher schicken sie sie zu uns. Dann können diese Taugenichtse hier herumstolzieren und uns schikanieren.«

Er spuckt auf den Bürgersteig, biegt um eine Ecke und plötzlich stehen wir vor der Tür zu seinem Haus.

Ich hatte gar nicht bemerkt, dass wir in der Nähe waren. Ich bin ihm bloß gefolgt. Raf schließt auf und geht vorneweg, doch diesmal stürmt er nicht die Treppe hinauf, sondern geht langsamen, schweren Schrittes. Ich spüre den Gestank im Treppenhaus, der in meiner Nase kratzt. Mich überkommt ein drückendes Gefühl des Unbehagens. Was tue ich hier bloß? Was habe ich hier zu schaffen? Ich begreife auf einmal nicht mehr, wieso ich bislang alles so ruhig hingenommen habe. Vor der Wohnungstür dreht sich Raf um und sieht mich an.

»Ich wünschte, es wäre bald vorüber. Man kann sich an alles Mögliche gewöhnen, aber ich glaube nicht, dass man sich an so was gewöhnen sollte. Das darf nicht sein.«

Er reibt sich die Augen. Es gibt so vieles, was ich ihm gern sagen möchte, aber ich weiß nicht, wie ich es sagen soll. Ich weiß nicht, ob ich es überhaupt sagen *kann.* Doch ich weiß, dass all das bald überstanden ist. Ich weiß, dass Dänemark befreit werden wird. Ich weiß, dass die Deutschen den Krieg verlieren werden. Ich weiß, dass es die Wahrheit ist, auch wenn es sich nicht so anfühlt. Gerade jetzt fühlt es sich irreal an, eher, als ob *alles* passieren könnte.

»Hast du Hunger?«, erkundigt sich Raf und starrt ausdruckslos auf eine Stelle hinter mir.

Ich zucke mit den Schultern.

»Ich bin verdammt hungrig«, sagt er, immer noch mit demselben Ausdruck in den Augen.

Ich muss ihn ein bisschen aufmuntern.

»Ich könnte auch gut was vertragen«, sage ich.

»Einen riesigen Berg Frikadellen. Und als Nachtisch einen Eimer Kaffee. Das wäre jetzt genau das Richtige.«

Glücklicherweise hört er, dass ich Spaß mache.

»Also gut. Dann lass uns was zwischen die Kiemen bekommen.«

»Großartig!«, sage ich augenzwinkernd.

Die ganze Wohnung duftet bereits nach Frikadellen, als wir den schmalen Flur betreten. Raf zieht die Schuhe aus und stellt sie auf das kleine Regal an der Wand. Ich tue es ihm gleich. Meine Schuhe sind nicht länger weiß, sondern haben vom Fußballspiel Flecken von Erde und Gras.

Ich folge Raf ins Wohnzimmer, wo Teller, Gläser und Besteck eingedeckt sind.

»Habt ihr Hunger?«, ruft seine Mutter aus der Küche.

»Darauf kannst du wetten«, antwortet Raf und nimmt am Tisch Platz.

Sie kommt herein, das Haar immer noch hochgesteckt, eine Schürze umgebunden und eine Platte in der Hand.

»Was gibt's?«, erkundigt sich Raf.

»Frikadellen und Kohl«, sagt sie.

Sie setzt sich an den Tisch.

»Und du lebst immer noch?«, fragt sie und blickt zu mir herüber. »Keine weiteren Straßenbahnunfälle?«

Ich grinse leicht verlegen.

»Nein«, antworte ich.

»Ja, Johannes ist bei bester Gesundheit. Du hättest

ihn im Park sehen sollen. Er ist ein Naturtalent mit dem Ball.«

»Sieh mal an.«

»Mops und die anderen konnten gar nicht mitkommen«, grinst er.

»Du aber auch nicht«, sage ich.

»Haha, nein. Das stimmt. Du warst viel zu schnell für mich.«

»Wie geht es Daniel eigentlich?«, erkundigt sich Rafs Mutter.

»Mops? Ihm geht's gut«, sagt Raf.

»Das ist gewiss nicht leicht.«

»Nee, das denke ich auch.«

»Nein. Die arme Familie. Nun, bitte sehr. Bedient euch.«

Sie reicht eine Platte mit Frikadellen und eine Schüssel mit Salzkartoffeln herum.

»Es gibt auch Mohrrüben«, sagt sie.

»Wie vornehm«, sagt Raf, bereits eine Frikadelle im Mund.

Ich nehme zwei Frikadellen, ein paar Kartoffeln und etwas Karotten. Ich sterbe fast vor Hunger. Ich habe den ganzen Tag nichts zu essen bekommen, nicht seit dem Sandkuchen. Ich stecke eine Frikadelle im Ganzen in den Mund, kaue und schlucke sie herunter. Noch nie habe ich so etwas Gutes gegessen. Dann nehme ich noch ein wenig von den Kartoffeln sowie eine weitere Frikadelle. Stopfe alles in den Mund. Es schmeckt absolut fantastisch. Salzig und fettig.

»Das sind die besten Frikadellen, die ich jemals gegessen habe«, sage ich.

Raf und seine Mutter fangen an zu grinsen.

»Ist das wahr?«, fragt seine Mutter.

»Greif ruhig noch zu«, fordert Raf mich auf.

»Danke«, sage ich.

»Meine Mutter kann nur solche.«

»Ja, zu irgendetwas muss man schließlich gut sein«, sagt sie und lächelt mich an.

Sie ist richtig nett.

Wir essen, bis nichts mehr auf dem Tisch steht. Ich kann nicht aufhören, als ich einmal angefangen habe, und Rafs Mutter bestärkt mich immerzu darin, noch mehr zu nehmen. Ich esse sechs Frikadellen und bin am Schluss komplett vollgestopft.

»Wie heißt du eigentlich?«, frage ich, nachdem ich das Besteck zur Seite gelegt habe.

»Ich?«, fragt sie.

Ich nicke.

»Ich heiße Edith.«

»Was für ein schöner Name.«

»Findest du?«

»Ja, ein sehr schöner. Ich glaube nicht, dass ich schon mal jemandem begegnet bin, der Edith heißt.«

»Da hörst du es«, sagt Raf.

»Ja, erfreulicherweise.«

Raf prustet vor Lachen.

»Ha, Johannes, wie kommst du bloß immer auf solche Ideen? Du bist schon 'ne Marke für sich.«

»Ich weiß nicht. Eigentlich glaube ich, dass ich ganz normal bin.«

»Normal ist auch in Ordnung«, sagt Rafs Mutter.

»Ach ja?«

»Natürlich. Wärst du lieber unnormal?«

»Nein, auf keinen Fall.«

»Aber der hier«, sie schaut zu Raf hinüber, »*der* ist unnormal.«

»So was muss man sich von der eigenen Mutter sagen lassen.«

»Und ich sage dir, von wem er das hat. Nämlich von seinem Vater.«

»Wie war er?«, frage ich.

Einen Moment ist es vollkommen still am Tisch. Ich bereue meine Frage.

Rafs Mutter betrachtet mich. Wobei ihr Blick genauso freundlich ist wie die ganze Zeit.

»Er war ein guter Mann«, sagt sie.

Sie lächelt Raf an, der kurz zurücklächelt, dann aber rasch auf den Tisch schaut.

»Nun, ich werde jetzt mal den Tisch abräumen«, sagt sie. »Dann könnt ihr zwei euch ausruhen. Morgen ist auch noch ein Tag.«

»Danke fürs Essen«, sagt Raf.

»Ja, vielen Dank, es hat richtig köstlich geschmeckt«, sage ich.

»Jetzt ist aber Schluss mit dem Lob, Johannes. Das bin ich gar nicht gewohnt.«

Sie steht auf und räumt den Tisch ab.

»Komm!«, sagt Raf. »Lass uns in mein Zimmer gehen.«

Wir setzen uns auf zwei Stühle am Fenster. Ein dunkles Rollo ist bis zur Fensterbank heruntergezogen, hängt jedoch ein bisschen schief, sodass ein wenig vom violetten Abendhimmel hereinschimmert. Die Schreibtischlampe spendet dem Raum ein gedämpftes Licht. Einzig am Rand der Glühbirne dringt Licht durch, der Rest ist mit dunkelblauer Farbe bemalt. Raf hat die Augen geschlossen und lehnt sich auf dem Stuhl zurück. Ich nehme eine Patrone aus der Schüssel auf der Fensterbank. Sie fühlt sich kalt in der Hand an. Ich betrachte sie im Lichtschein von allen Seiten.

»Woran denkst du?«, erkundigt sich Raf, die Augen immer noch geschlossen.

»An nichts«, weiche ich aus.

»Das glaube ich dir nicht«, sagt er.

Dann macht er die Augen auf und guckt mich direkt an.

»Ich sehe, dass du über was nachdenkst.«

»Ich habe nur an Mops gedacht«, sage ich.

»Ja, was ist mit ihm?«

»Warum veräppelt ihr ihn?«

»Veräppeln?«

»Ja, warum seid ihr die ganze Zeit hinter ihm her?«

»Das ist eine lange Geschichte.«

»Aber er scheint doch recht nett zu sein.«

»Ja, das ist er auch. Das ist nicht so einfach.«

»Ich habe gehört, wie ihr über seinen älteren Bruder gesprochen habt.«

»Na, du hörst aber auch alles.«

»Ja, manchmal«, sage ich.

»Daniels großer Bruder ist in letzter Zeit ein bisschen zu nazifreundlich gewesen. Das hat bereits im letzten Jahr angefangen und jetzt läuft er mit Schulterriemen und Uniform herum und mimt den Handlanger für die Deutschen. Dafür kann Daniel selbstverständlich nichts und auch seine Familie will mit dem Bruder nichts mehr zu schaffen haben. Sie sehen ihn nicht mehr. Das ist zumindest das, was uns Mops erzählt hat. Doch das stimmt nicht ganz, denn Ulrik sagt, dass er sie neulich in der Stadt miteinander reden sah. Darüber haben wir uns unterhalten.«

»Aber es ist schließlich sein Bruder.«

»Ja, es ist sein Bruder, aber …«

Er steht auf.

»Du musst dir etwas ansehen«, sagt er.

Er wühlt in einer Schublade.

»Hier«, sagt er.

Er hält eine alte Zeitung hoch.

»Was ist das?«, frage ich.

»Die Morgenausgabe der *Berlingske.* Von 1940. Die habe ich von meinem Onkel Aksel bekommen. Damit ich mich immer daran erinnere, was auf dem Spiel steht.«

Er setzt sich neben mich und liest aus der Zeitung vor.

Mit den großen deutschen Siegen, die die Welt in Erstaunen und Bewunderung versetzt haben, ist in Europa eine neue Zeit angebrochen, die eine politische wie wirtschaftliche Neuordnung unter der Führung Deutschlands mit sich bringt. Es wird Dänemarks Aufgabe sein, bei einer notwendigen und wechselseitig aktiven Zusammenarbeit mit Großdeutschland seinen Platz zu finden.

Er hebt den Blick und sieht mich an.

»Das hier ist das Werk von Scavenius. Jener Mann, der vorgegeben hatte, unser Außenminister zu sein. Und der leider Gottes danach Ministerpräsident wurde. Das ist doch unfassbar! Einen Teufel werden wir tun und zusammenarbeiten. Dann lieber sterben! Es ist eine Schande, wie es ist. Und wir werden verflixt und zugenäht auch keine Nazis werden.«

Er reicht mir die Zeitung.

»Norwegen hat zumindest ein paar Wochen lang gekämpft. Wir haben uns sofort auf den Rücken gedreht. Da stimmst du mir doch zu, Johannes?«

»Aber ja«, entgegne ich etwas zögernd.

Ich blättere in der Zeitung, breite sie dann vor mir auf dem Tisch aus.

»Aber ...« Mehr kann ich nicht sagen, weil Raf mich unterbricht.

»Da gibt es kein Aber, Johannes. Auf keinen Fall.«

Er schüttelt den Kopf.

»Wenn mein Vater das erlebt hätte.«

»Hat er das nicht?«

»Nein, er starb ein Jahr vor Ausbruch des Krieges.«

Er dreht sich zum Fenster, schiebt das Rollo ein wenig zur Seite und betrachtet die Dunkelheit.

»Auf gewisse Weise bin ich auch froh, dass er das hier nicht erleben muss.«

»Wie ist er eigentlich gestorben?«

»An einem Herzstillstand. Er fiel auf dem Heimweg von der Arbeit in der Straßenbahn um. Einfach so. Bums! Meine Mutter kam in die Schule und holte mich ab.«

»Was hat sie gesagt?«

»Nicht wirklich viel. In solch einer Situation sagt man nicht viel. Außerdem war ich noch recht klein.«

»Was ist dann passiert?«

»Dann ging das Leben eben einfach so weiter. Wir haben nie richtig darüber gesprochen. Vielleicht hat sie versucht, mich zu schonen. Ich weiß nicht. Aber ich wünschte, wir hätten mehr miteinander geredet. Ich glaube nicht, dass Erwachsene wissen, wie viel Kinder begreifen. Kinder wissen sehr wohl, was der Tod ist. Auf alle Fälle wird es nicht leichter zu begreifen, wenn man nicht darüber spricht.«

»Aber wir haben doch heute Abend über ihn gesprochen?«

»Ja, und das war auch sehr schön. Aber das ist faktisch eines der ersten Male. Ich denke, es lag vielleicht daran, dass du dabei warst. Sie kann dich sehr gut leiden. Und dann ist da noch der Name.«

»Der Name?«

»Ja, mein Vater hieß ebenfalls Johannes.«

Es klopft an der Tür.

»Herein«, sagt Raf.

Es ist seine Mutter, das Haar immer noch hochgesteckt, doch die Schürze hat sie abgelegt.

»Ich möchte bloß Gute Nacht sagen. Hast du einen Schlafplatz, Johannes?«

Daran habe ich noch keinen Gedanken verschwendet, doch auch diesmal kommt mir Raf zuvor, ehe ich antworten kann.

»Ich lege ein paar Decken auf den Boden, das ist kein Problem. Dann kann Johannes mein Bett haben.«

»Das ist gut. Also dann gute Nacht«, sagt sie.

Sie sieht mich an und schließt lächelnd die Tür hinter sich.

»Bist du dir sicher?«, frage ich.

»Ja, selbstverständlich«, sagt Raf. »Du hast eher ein Bett nötig als ich nach dieser Leistung auf dem Spielfeld.«

»Du bist doch auch herumgesaust?«

»Ja, ich habe nur den Ball nicht oft getroffen. Bitte sehr, das Bett gehört dir. Und jetzt sollten wir besser zusehen, ein wenig Schlaf zu bekommen. Du hast meine Mutter gehört. Morgen ist auch noch ein Tag.«

15

Als ich am nächsten Morgen aufwache, habe ich kurz vergessen, wo ich mich befinde. Dann sehe ich Raf auf dem Boden liegen, eine zerknautschte Decke um den Körper. Ich greife nach meiner Hose und hole mein Handy hervor, versuche es anzuschalten, doch es ist immer noch tot. Als ich es zurücklegen möchte, fällt es auf den Boden. Es macht einen kleinen Plumps, während Raf im Schlaf brummelt, sich herumdreht und wieder zur Ruhe kommt. Seine Frisur sitzt perfekt, sogar im Schlaf. Die dunkle Locke liegt an der immer gleichen Stelle. Er atmet tief, schnarcht jedoch nicht. Mir fallen Kajsa und Kaia ein. Ihr Schlaf ist völlig lautlos und ruhig, sie atmen wie zwei kleine Küken. Ich vermisse sie. Ich kann ihnen gegenüber sehr streng sein, sie ignorieren oder ihnen sagen, dass sie sich um ihren eigenen Kram kümmern sollen, wenn es mir nicht passt, dass sie angerannt kommen, aber gerade jetzt wünschte ich, ich läge in ihrem Zimmer.

»Guten Morgen«, gähnt Raf am Boden und reibt sich die Augen.

»Guten Morgen«, sage ich.

»Und? Wie hast du oben auf dem königlichen Nachtlager geschlafen?«

»Gut«, sage ich.

Er setzt sich auf.

»Nun, wir sollten uns besser sputen.«

»Wozu?«

»Na, wir müssen doch in die Gänge kommen, nicht? Das Leben wartet nicht. In einer Stunde muss ich in der Schule sein.«

Er gähnt, postiert sich mitten im Zimmer und streckt die Arme zu beiden Seiten aus. Dann dreht er den Oberkörper nach links, dann nach rechts. Daraufhin reckt er den Rücken, streckt beide Arme vor dem Körper aus und tritt ein paarmal in die Luft, so hoch er kann.

»Was machst du?«, wundere ich mich.

Er beginnt zu grinsen.

»Nur ein wenig Morgengymnastik. Was sagt Kapitän Jespersen immer: Sich regen bringt Segen! Ist es nicht so?«

»Wieso machst du nicht einfach ein paar Liegestütze?«

»Die kannst du selbst machen.«

Ich murmle irgendetwas, was noch nicht einmal ich selbst hören kann.

»Nein, dachte ich mir doch.«

Er blinzelt mir zu.

»Übrigens, was hast du heute vor? Du kannst meine Schlüssel haben und ein wenig in die Stadt gehen und dich umsehen. Ich habe um drei Uhr Schluss. Dann kannst du mich am Gymnasium abholen. Ich gehe aufs Schneekloths. Am Værnedamsvej. Weißt du, wo das ist?«

Ich schüttle den Kopf.

»Klar, natürlich nicht. Hm, das ist nicht so schwer. Du musst nur der Frederiksberg Allé folgen. Bis ganz zum Ende. Die findest du leicht, sie ist direkt dahinten.«

Er deutet aus dem Fenster.

»Okay«, sage ich.

Ich hatte nicht daran gedacht, dass ich im Laufe des Tages allein sein könnte, doch ich möchte ihn auch nicht zum Schwänzen überreden.

»Großartig! Und danach treffen wir uns und unternehmen etwas Lustiges.«

Ich nicke und zwinge ein Lächeln hervor.

»Dufte! Also, abgemacht! Und jetzt gibt's Frühstück.«

Er verschwindet in die Küche und kommt kurz darauf mit einem dampfenden Topf zurück.

»Es gibt Hafergrütze«, sagt er.

Wir essen in seinem Zimmer, ohne etwas zu sagen. Schaufeln einfach die warme, klebrige Grütze in uns hinein. Sie schmeckt eigentlich nach nichts. Nach Wasser und etwas Grützähnlichem. Das letzte Mal, dass ich Hafergrütze gegessen habe, ist lange her.

»Isst du sie gern?«, fragt Raf.

»Ja«, sage ich. Und das ist weder richtig noch falsch.

Raf kratzt das letzte bisschen Hafergrütze aus seiner Schüssel. Dann steht er auf und schiebt den Stuhl wieder an den Tisch, geht zum Fenster und sieht hinaus.

»Was für ein Sauwetter da draußen. Dann nehme ich besser die Straßenbahn, wenn ich nicht vollkommen nass werden will. Später klart es bestimmt auf, denkst du nicht auch?«

»Hm«, sage ich. »Ich weiß nicht.«

»Also. Ich muss jetzt los. Hier sind meine Schlüssel. Der große ist für die Haustür, der andere für die Wohnung. Wenn du Hunger bekommst, gibt es Schwarzbrot und Käse in der Küche. Da sind auch Eier. Ich nehme an, deine Eltern haben dir beigebracht, wie man Spiegeleier macht?«

»Klar doch«, murmle ich.

»Lange Zeit auf kleiner Flamme. Das ist das Geheimnis. Dann werden sie besonders gut. Schön knusprig. Und natürlich viel Salz. Ansonsten kannst du meine Mutter fragen. Kommst du zurecht?«

»Ja, alles klar«, sage ich, obwohl ich selbst hören kann, dass es klingt, als wäre ich nicht völlig überzeugt.

Doch Raf merkt es nicht oder ignoriert es einfach. Er kann sich ja auch nicht weiterhin um mich kümmern, als wäre ich ein kleines, hilfloses Kind. Im Flur nimmt er seinen langen grauen Mantel und klemmt eine braune, abgegriffene Ledermappe unter den Arm. Er sieht gut aus. Das Haar sitzt perfekt wie immer. Der Blick in seinen Augen. Plötzlich habe ich Lust, ihm alles zu erzählen. Wie alles zusammenhängt. Wer ich bin. Wer *er* ist. Doch ich sage nichts. Schaue ihn bloß an.

»Also, ich verdufte jetzt«, sagt er. »Mach's gut.«

»Du auch«, sage ich. »Bis später.«

»Bis später, Johannes.«

TEIL 3

NAZISCHWEINE

16

Nachdem er gegangen ist, halte ich mich in seinem Zimmer auf. In der Wohnung ist es völlig still und es fühlt sich plötzlich komisch an, allein zu sein. Seit ich Raf gestern begegnet bin, bin ich nicht mehr allein gewesen. Ich bin noch nicht einmal auf Toilette gewesen, doch auf einmal spüre ich, wie dringend ich kacken muss. Ich gehe in den Flur und stoße auf etwas, das wie eine Toilettentür aussieht, öffne sie und habe recht. Es ist nichts Großartiges, in dem kleinen Raum, der kaum größer als einen Quadratmeter sein kann, ist gerade so Platz für eine Toilette. Ich schließe hinter mir die Tür, lasse die Hose herunter und setze mich hin. Wie automatisch fische ich mein Handy aus der Tasche, doch dann fällt mir ein, dass das nichts nutzt. Trotzdem halte ich es einige Sekunden lang in der Hand und starre aufs schwarze Display, während ich fertig werde. Anschließend wasche ich mir in der Küche die Hände, finde allerdings keine Seife, deshalb reibe ich bloß die Hände unter dem Hahn aneinander. Das Wasser ist derart kalt, dass es wehtut. Da höre ich

Schritte auf der Hintertreppe, doch bevor ich es aus der Küche schaffe, steht Rafs Mutter in der Tür.

»Guten Tag, Johannes«, sagt sie. »Du bist immer noch hier?«

»Ja«, sage ich. »Raf musste doch zur Schule.«

»Und was ist mit dir?«

»Nee. Heute nicht«, antworte ich.

»Nun, solange du weißt, was du tust.«

Sie geht an mir vorbei, verlässt aber die Küche nicht. Stattdessen geht sie zu einem Schrank, öffnet eine Tür und nimmt verschiedene Dinge heraus. Ich habe Lust, wieder in Rafs Zimmer zu gehen, aber es würde plump wirken, wortlos zu gehen, wenngleich ich nicht weiß, was ich reden soll; daher bleibe ich einfach stehen und gucke zu, wie sie Sachen aus dem Schrank nimmt. Sie denkt bestimmt, dass ich ziemlich verrückt bin.

»Hast du gefrühstückt?«, fragt sie auf einmal.

Ich nicke.

»Wir hatten ein bisschen Hafergrütze«, sage ich.

»Ach, das ist gut«, sagt sie und fährt mit ihrer Tätigkeit fort.

»Magst du ein Spiegelei?«

Sie stellt die Frage, ohne mich anzusehen.

»Wie?«

»Du weißt doch, dass ich das als Ja nehme. Ich muss nur gerade noch das Brot hier ansetzen. Danach mache ich uns ein paar Spiegeleier.«

»Danke«, sage ich.

Das bringt sie zum Lachen. Nicht viel, sie stößt eher ein kurzes, zartes Lachen aus. Beinahe ein Grunzen.

»Du bist ein Mann weniger Worte, Johannes. Weniger, aber guter. Setz dich einfach dorthin.«

Sie zeigt auf einen blauen Holzstuhl neben dem Küchentisch und ich setze mich. Da sitze ich nun und weiß immer noch nicht, was ich reden soll. Ich schaue mich in der Küche um. Dort gibt es nicht viel. Ein paar Schränke, Regale mit Tellern, Tassen, Gläsern und Schüsseln in verschiedenen Größen, und an einem Wandgestell hängen Töpfe, Bratpfannen und dergleichen. Außerdem gibt es ein Fenster zum Hof, durch das ein blasses, staubiges Licht hereinfällt. Es vergehen mehrere Minuten, ohne dass jemand von uns etwas sagt. Sie läuft kurz in der Küche hin und her, nimmt sich die Dinge, die sie benötigt, wie die Pfanne, und schlägt die Eier auf, dass es nur so zischt und spritzt. Ihre Bewegungen haben etwas Lautloses, als würde sie schweben. Ich muss ihr die ganze Zeit zusehen, da sie eine besondere Ruhe ausstrahlt. Mein Vater hat mir oft von seiner Großmutter erzählt. Sie starb, als er noch nicht sonderlich alt war, aber er hat sie sehr geliebt. Jetzt verstehe ich, warum.

»Bitte sehr«, sagt sie und stellt mir einen gelben Teller mit zwei glänzenden Spiegeleiern hin.

Der Dotter ist orange, das Eiweiß am Rand braun und knusprig.

»Danke«, sage ich erneut.

Das ist offenbar das Einzige, was ich in diesem Moment sagen kann.

Sie hat sich auch zwei Spiegeleier gemacht, setzt sich neben mich und fängt an zu essen. Noch immer sagt keiner von uns etwas, aber das ist überhaupt nicht mehr unangenehm. Zumindest scheint sie die Stille nicht komisch zu finden. Sie isst einfach seelenruhig ihre Eier, während sie mich zwischendurch immer mal anlächelt.

»Magst du sie?«, fragt sie dann.

»Ja«, sage ich. »Sie schmecken wirklich gut.«

Und das stimmt. Wie die Frikadellen gestern sind auch diese Spiegeleier beinahe das Beste, was ich jemals gegessen habe. Doch das sage ich nicht. Ich sollte jetzt irgendetwas Normales sagen, anstatt nur über ihr Essen zu reden.

»Wie lange lebt ihr schon hier?«, frage ich stattdessen.

»Wir sind hierhergezogen, als Raf sieben war, das ist also …«

Sie zählt an den Fingern ab.

»Knapp zehn Jahre her.«

»Es ist schön hier«, sage ich.

»Findest du?«

Ich nicke.

»Ja, das finde ich auch. Wir sind froh darüber. Es ist nicht besonders groß, aber wir sind schließlich nur zu zweit.«

Dann wird es wieder still, und ich versuche, auf etwas zu kommen, was ich sie noch fragen kann, doch das muss ich nicht, da sie mir zuvorkommt.

»Und du und Raf seid euch gestern zufällig über den Weg gelaufen, oder wie war das noch mal?«

»Ja«, sage ich. »Ich hatte gerade meinen Opa besucht. Also, er ist tot und wir waren bei ihm und haben uns verabschiedet. Und danach bin ich Raf begegnet.«

»Das tut mir leid. Das mit deinem Opa. Das klingt nicht lustig.«

»Nee«, sage ich. »Jedenfalls hat es mir nichts ausgemacht.«

Ich nehme einen Bissen vom Spiegelei, doch es fühlt sich komisch an, auf einem Stück Ei herumzukauen und gleichzeitig über meinen toten Großvater zu sprechen, daher schlucke ich schnell hinunter, bekomme den Bissen allerdings in den falschen Hals und muss ein Husten unterdrücken.

»Entschuldigung«, sage ich.

»Das macht nichts. Wie war er?«

»Mein Opa? Er war einfach mein Opa. Das ist schwer zu sagen.«

Ich schiebe ein Stückchen Eiweiß auf dem gelben Teller hin und her.

»Ich denke, das war eine sehr passende Antwort«, sagt sie und lächelt.

»Hast du Lust auf eine Tasse Kaffee?«

Ich blicke vom Teller auf und sehe offenbar völlig erschrocken aus, denn sie bricht plötzlich in ein heftiges, glucksendes Lachen aus.

»Äh, nein danke«, stammle ich.

»Also, dann bleibst du diesmal verschont«, sagt sie.

»Danke. Ich bin es nur nicht gewohnt, Kaffee zu trinken«, sage ich.

»Das ist vollkommen in Ordnung.«

»Aber danke fürs Essen. Es hat wunderbar geschmeckt.«

Ich stehe auf und gehe zum Fenster neben dem Spülbecken.

»Es regnet nicht mehr sehr stark«, bemerke ich.

»Möchtest du gern rausgehen?«

»Vielleicht«, sage ich. »Ich weiß nur noch nicht genau, wohin.«

»Warum findest du es nicht einfach heraus? Du warst vorher noch nie in Kopenhagen, oder?«

»Nein, nicht so richtig.«

»Dann geh raus und schau dich ein wenig um. Guck dir ein bisschen die Stadt an. Das würde ich machen, wenn ich du wäre.«

»Okay«, sage ich.

Im Flur nehme ich meine Jacke vom Kleiderhaken. Doch bevor ich die Wohnungstür öffne und hinausgehe, drehe ich mich um.

»Edith?«

»Ja.«

»Raf hat erzählt, dass sein Vater ebenfalls Johannes hieß.«

Sie lächelt.

»Ja«, sagt sie. »Das stimmt. Er hieß wie du. Und, Johannes?«

»Ja.«

»Pass draußen auf dich auf.«

»Das mache ich«, sage ich.

17

Als ich auf die schmale Straße vor Rafs Haus trete, drängt sich ein Auto mit einem hustenden Geräusch an einem parkenden Pferdewagen vorbei. Über mir ist der Himmel grau, in der Luft liegt Nieselregen. Ich strecke eine Hand aus und spüre auf der Innenseite winzige Tropfen. Dann wende ich mein Gesicht nach oben und verharre einige Sekunden in dieser Position. Das Pferd vor mir bewegt sich kein bisschen. Als ob es weder mich noch die Welt um sich herum bemerken würde. Ich nähere mich vorsichtig. Ob es wohl schläft? Es steht vollkommen ruhig da, das Maul in einem strohfarbenen Sack, der hinter den Ohren zusammengebunden ist. Als ich nur noch einen Meter entfernt bin, höre ich, dass es auf etwas herumkaut. Seine Augen sind geöffnet, schwarz und klar. Ich streichle es vorsichtig mit einer Hand und lasse sie auf dem Punkt zwischen den Augen des Pferdes ruhen. Es schüttelt sanft den Kopf, schnaubt leise und ist dann wieder völlig ruhig. Meine Hand gleitet in langsamen, sanften Bewegungen zum Maul, das sich in meiner kalten Hand warm anfühlt. Dann drehe ich mich um und gehe weiter.

Ich habe keine Ahnung, wohin ich will. Ich gehe einfach drauflos, stecke die Hände in die Taschen und setze einen Fuß vor den anderen. Ich gelange an eine Kreuzung. Es sind keine Autos zu sehen, ich habe also freie Bahn und überquere die Straße, obwohl immer noch Rot ist. Es tut gut, zu laufen. Mir wird dabei warm. Ich biege um eine Ecke und folge einer kleineren Seitenstraße mit Kopfsteinpflaster. Auf den glatten Steinen unter meinen Füßen habe ich inzwischen einen zügigen Schritt drauf, doch ich erhöhe das Tempo weiter, werde immer schneller und schneller. Ich biege um eine weitere Ecke, spanne sämtliche Muskeln meines Körpers an und renne, so schnell ich kann. Im Mund der Geschmack von Rost. Schneller. Mein Herz klopft in der Brust. Schneller. Ich fliege förmlich über das Pflaster. Schneller. Da höre ich eine bekannte Stimme.

»Johannes!«

Ich bremse ab, beuge mich vor, stütze meine Hände auf die Knie und ringe nach Luft. Meine Beine und Brust schmerzen. Ich richte mich auf und sehe, wie mir Mops vom Gehweg gegenüber zuwinkt. Er trägt eine große Holzkiste, und hinter ihm, direkt über seinem Kopf, hängt ein Schild mit der Aufschrift *Kaufmann Jørgensen.*

»Du hast ja mächtig Fahrt drauf. Wo willst du hin?«

Ich zucke mit den Schultern.

»Ich weiß nicht so recht. Hatte einfach Lust zu laufen«, antworte ich.

»Könntest du dir vorstellen, mir stattdessen ein bisschen zu helfen? Danach gibt es auch was zu essen.«

»Okay«, sage ich.

Beim Betreten des Ladens klingelt irgendwo über uns eine kleine Glocke. Mops stellt die Holzkiste auf dem Boden ab und breitet die Arme aus.

»Nicht schlecht, was?«, sagt er. »Riech mal!«

Er hält die Nase in die Luft und schnüffelt.

»Ahhhh«, macht er beim Ausatmen.

»Versuch's auch mal«, sagt er und sieht mich an.

Zuerst glaube ich, er macht einen Scherz, aber er meint es anscheinend ernst. Jedenfalls sieht er mir weiter mit einem merkwürdig enthusiastischen Blick in die Augen.

»Komm schon! Und sag mir dann einfach, dass ich mich irre.«

Das mache ich. Atme durch die Nase ein und erschnüffle alles, so gut ich kann.

»Nicht schlecht, oder?«

Er sieht mich mit großen Augen an.

»Ja«, sage ich und lächle ihn an.

Ich weiß nicht, ob ich das als wohlriechend bezeichnen würde. Süß und würzig, zugleich ein Hauch von etwas Säuerlichem. Nicht gerade der beste Duft auf Erden, aber auch nicht ausgesprochen schlecht.

»Tja, leider ist das nicht mein Laden. Noch nicht. Er gehört meinem Vater. Aber deshalb wird man doch wohl ein wenig Besitzerstolz empfinden dürfen, nicht wahr?«

Ich schaue mich in dem kleinen Raum um, dessen

Regale bis unter die Decke reichen und der kaum größer als mein Zimmer zu Hause ist.

»Was verkauft ihr hier?«, frage ich.

»Kurz gesagt, alles«, sagt Mops und bricht in ein breites Lachen aus. »Aber weil du so höflich gefragt hast: Also, wir verkaufen Haferflocken, Mehl, Zucker, Butter, Hering, Käse, Vitamintabletten, Zigaretten, Brennholz, Kohle, Koks, Gas, Benzin, Petroleum, Nägel, Schrauben, Rasierklingen, Schnüre, Reitpeitschen, Schaufeln, Spaten und selbstverständlich auch Kaffee-Ersatz. Rich's und Danmark. Nicht übel, was?«

Er sieht mir direkt in die Augen, ich habe noch nie zuvor jemanden gesehen, der derart begeistert ist.

»Ja, echt der Hammer!«, sage ich und überlege, ob das nicht ein bisschen zu ironisch klang, doch zum Glück hat Mops das nicht mitbekommen. Er nickt bloß und redet weiter.

»Ja, natürlich ist ein Teil der Waren rationiert, aber so sind die Regeln im Augenblick. Das ändert sich hoffentlich bald. Nun, wir sollten jetzt in die Gänge kommen. Der Boden muss geschrubbt und die Waren eingeräumt werden. Willst du den Boden im Hinterzimmer machen, dann lege ich hier los? Schrubber und Eimer stehen drinnen bereit.«

Er wartet meine Antwort nicht ab, sondern dreht sich einfach um und fängt an, den Inhalt der Holzkiste auf die verschiedenen Regale zu verteilen. Mir fällt erneut auf, dass sein rechtes Bein hinkt. Jedes Mal, wenn er einen Schritt zur Seite macht, wirkt es seltsam steif, doch das scheint ihn nicht zu stören. Ich gucke ihm einen Moment nach, während er die unterschiedlichen Waren in die Regale räumt. Er hat es tatsächlich ernst gemeint. Ich soll einfach loslegen.

»Okay«, sage ich.

»Hast du was gesagt?«

Er dreht sich zu mir um.

»Ach, nichts«, erwidere ich.

Er entgegnet nichts, blinzelt nur, wendet sich um und setzt seine Arbeit fort.

»Also, dann fange ich mal an«, sage ich.

Ich verharre kurz und gucke in die Luft, bevor ich am Ladentisch vorbei ins Hinterzimmer gehe. Dort ist es dunkel und kühler als im Laden. Mitten im Raum steht ein Eimer mit etwas Wasser und einem Lappen drin, daneben liegt ein Schrubber auf dem Boden. Ich hebe ihn auf, nehme den Lappen aus dem Eimer, wringe ihn über dem Boden aus, sodass ein paar Spritzer auf meiner Hose landen, lasse den Lappen mit einem Klatschen zu Boden fallen. Ich betrachte den zerknautschten Lappen am Boden. Dann drehe ich den Eimer um. Es ist viel mehr Wasser drin als erwartet, weshalb nun der ganze Boden mit Wasser bedeckt ist. Ich bin mir sicher, es falsch gemacht zu haben, doch ich habe zugleich keine Ahnung, wie es richtig gewesen wäre. Ich stelle den Schrubber auf den Lappen und schiebe ihn ein bisschen über den Boden hin und her, klatsche das Wasser von einer Seite zur anderen, zuerst mit großen, langsamen Bewegungen, anschließend mit kurzen, schnellen Stößen vor und zurück. Nach kurzer Zeit tun mir die Arme weh. Ich höre auf und sehe mich um. Überall im Raum steht Wasser, ansonsten sieht alles wie vorher aus, nur dass der Boden klitschnass anstatt trocken ist. Ich werfe den Schrubber hin, setze mich in einer Ecke auf einen Stuhl, dann muss Mops eben den Rest erledigen, sollte er nicht zufrieden sein, doch kaum habe ich mich hingesetzt, kommt er auch schon herein.

»Hast du etwa den ganzen Laden überflutet?«

Er klingt nicht sauer, eher überrascht.

»Ja, entschuldige«, sage ich. »Ich weiß nicht genau, wie man das macht.«

»Ja, das sehe ich. Also, dann geh mal in den Verkaufsraum und räum die letzten Sachen aus der Kiste. Es sind nur noch die Nägel drin, die ins unterste Regal gehören, wo Platz ist. Ich erledige das hier.«

Er hebt den Schrubber vom nassen Boden auf, und ich bekomme ein schlechtes Gewissen, da ich ihn einfach dort hingeschmissen habe. Ich hätte ihn zumindest an die Wand stellen können.

»Okay«, sage ich und gehe an ihm vorbei in den Laden. Ich knie mich neben die Kiste und stelle die letzten Packungen mit Nägeln auf das erstbeste Regal. In diesem Moment zerschmettert das große Schaufenster zur Straße hin mit einem riesigen Krach. Vor lauter Schreck falle ich nach hinten und schaue mich um. Der Boden ist mit Glassplittern übersät. Ich stehe auf. Zwischen den Glasscherben liegt ein Ziegelstein. Von der Straße sind Rufe zu hören.

»NAZISCHWEINE!!!«

Da geht die Scheibe in der Tür zu Bruch. Glassplitter schießen zu Boden, und ich schaffe es gerade noch, einen Arm vors Gesicht zu halten, um meine Augen zu schützen. Wieder höre ich Rufe.

»NAZISCHWEINE!!!«

»LANDESVERRÄTER!!!«

Schließlich werden die Stimmen schwächer, und durch die eingeschlagene Scheibe sehe ich drei Jungen von hinten, wie sie auf dem Fahrrad flüchten. Hinter mir höre ich Schritte und drehe mich um. In der Tür zum Hinterzimmer steht Mops. Er sagt nichts, starrt bloß vor sich hin. Dann beginnt er zu weinen.

18

Es fühlt sich komisch an, einem fremden Jungen beim Weinen zuzugucken. Ich lege eine Hand auf seine Schulter. Wir bleiben eine Weile so stehen. Er weint ununterbrochen, lässt sich fast nicht trösten, bevor es schließlich langsam abzunehmen scheint. Er schluchzt, schnieft und reibt sich die Augen. Sein Gesicht ist verquollen, die Augen sind feucht und knallrot.

»Danke, dass du hier bist«, sagt er schließlich.

»Klar«, sage ich, obwohl das vermutlich keine Selbstverständlichkeit ist. Nichts von alldem hier ist eine Selbstverständlichkeit.

»Das liegt an meinem Bruder«, erklärt er. »Aber das hat dir Raf vielleicht schon erzählt?«

Ich nicke.

»Ich verstehe das einfach nicht. Wieso tun sie das? Das hat doch nichts mit dem Laden zu tun. Es ist viele Jahre her, dass mein Bruder hier gearbeitet hat. Nun sind nur ich und mein Vater da. Kapierst du, wieso sie das tun, Johannes?«

»Ich weiß es nicht«, antworte ich.

»Wir haben doch bloß einen Krämerladen.«

»Ja, das stimmt natürlich«, sage ich. »Immerhin.«

»Wie meinst du das?«

»Ich weiß nicht. Nichts, vergiss es einfach.«

Mops schnieft und trocknet sich mit dem Ärmel die Nase ab, richtet sich danach auf. Wir sind gleich groß, ansonsten bestehen zwischen uns keine Ähnlichkeiten. Mops' Gesicht ist im großen Ganzen recht rund. Er hat ein Doppelkinn und einen kleinen Mund mit schmalen, fülligen Lippen. Sein Haar ist zu einem straffen Seitenscheitel gekämmt, seine Ohren stehen mehr ab als bei anderen, keine ausgeprägten Segelohren, aber kurz davor. Und dann sind da noch seine Augen. Sie verstecken sich in zwei dunklen Vertiefungen im Gesicht. Zwei winzige rote Rosinen. Er sieht völlig zerstört aus.

»Sollen wir hier etwas aufräumen?«, frage ich und betrachte die Unmenge von Glassplittern, die auf dem braunen Boden verteilt sind.

»Ja, das ist eine sehr gute Idee«, schnieft Mops.

»Ich hole den Schrubber«, schlage ich vor.

Wir fegen die Glasscherben wortlos zusammen.

»Danke für deine Hilfe«, sagt Mops, als wir fertig sind. »Jetzt sieht es wie vorher aus. Tja, abgesehen von den Scheiben.«

»Oder dem, was mal Scheiben waren«, sage ich.

Mops muss daraufhin kurz lachen.

»Ja, du hast selbstverständlich recht«, sagt er.

»Das wird schon wieder«, sage ich.

»Glaubst du?«, fragt Mops.

»Ja. Sagt man das nicht so? Das wird schon wieder. Das sagen die Leute doch so.«

»Ja, vielleicht ist es so«, sagt Mops. »Hast du eigentlich Hunger? Ich habe nämlich welchen.«

»Ja«, sage ich. »Ich könnte gut etwas vertragen.«

»Also, dann lass uns etwas essen. Komm!«

Ich folge ihm ins Hinterzimmer, wo er in einer Ecke eine kleine Birne anknipst, die den Raum in ein weiches, gelbliches Licht taucht. Er holt eine Metallkiste aus einem Regal hervor, nimmt ein Päckchen heraus und reicht es mir.

»Du hast die Wahl zwischen einem Brot mit Käse und einem mit Salami. Und dann gibt es noch ein Brot mit Cremolade zum Teilen.«

Er sieht mich mit großen Augen an. Ich habe das Gefühl, als habe er das mit der Fensterscheibe bereits vergessen.

»Also, was willst du, Käse oder Salami?«

»Salami«, sage ich.

»Bitte sehr«, sagt Mops und reicht mir eines der Butterbrote.

Ich entferne das Papier und nehme einen Bissen vom Wurstbrot.

»Das ist lecker«, sage ich.

Mops nickt.

»Ja, es gibt nichts, was mich in bessere Stimmung versetzen kann als Essen. Das siehst du vielleicht auch deutlich.«

Er klopft sich auf den Bauch.

»Ach was«, sage ich. »Auf so einen Gedanken würde ich überhaupt nicht kommen.«

Ich lasse das letzte Stückchen Wurstbrot in den Mund wandern. Mops tut das Gleiche mit seinem Käsebrot.

»Schwups«, sagt er grinsend.

Er holt die letzte Doppelscheibe hervor, packt sie aus dem Papier aus und teilt das Schwarzbrot in zwei gleich große Stücke.

»Hier«, sagt er.

»Danke«, sage ich.

Ich beiße ab. Es schmeckt ein winziges bisschen nach Schokolade, vor allem aber nach Butter und Zucker. Und gleichzeitig etwas staubig.

»Wie findest du es?«

»Nicht schlecht«, sage ich, den Mund voller Schwarzbrot mit Cremolade. »Wirklich nicht schlecht.«

Ich muss über mich selbst schmunzeln, obwohl ich gar nicht weiß, wieso. Vielleicht liegt das an der ganzen Situation. Und dann muss auch Mops schmunzeln. Plötzlich können wir nicht mehr aufhören. Wir sitzen bloß da und lachen uns schief über nichts.

Da hören wir die Glocke im Laden.

»Das ist mein Vater«, sagt Mops. »Komm!«

Mitten im Laden steht ein kleiner Mann, der nicht viel größer als Mops und mindestens genauso dick ist. Er trägt einen schwarzen Hut und einen langen beigen Mantel.

»Ach, sie sind also wieder da gewesen«, stellt er fest, ohne Mops oder mich anzusehen.

»Ja«, sagt Mops und blickt zu Boden.

»Haben sie noch etwas anderes als die Fenster kaputt gemacht?«

»Nein, ich glaube nicht. Oder, Johannes?« Er dreht sich zu mir um und sieht mich an.

»Nein, ich glaube nicht«, sage ich.

Mops' Vater betrachtet mich.

Er scheint erst jetzt bemerkt zu haben, dass ich ebenfalls da bin.

»Guten Tag«, sagt er und reicht mir die Hand. »Ich heiße Harry.«

»Johannes«, sage ich.

»Warst du im Laden, als das passiert ist?«

Ich nicke.

Er nimmt den Hut ab und kratzt sich mit der anderen Hand am Kopf.

»Ich bringe Bretter vor den Fenstern an«, sagt er. »Und dann müssen wir uns wieder um den Glaser kümmern.«

»Sollen wir damit nicht ein bisschen warten?«, fragt Mops.

»Womit warten?«

»Na, mit dem Glaser. Sie werden doch sowieso wieder zerschmettert.«

Mops' Vater atmet schwer, eine Spur resigniert.

»Tja, vielleicht hast du recht. Es ist geradezu verflucht. Der Teufel soll Viggo holen!«

»So darfst du nicht reden, Vater.«

»Nein, das weiß ich. Verzeih mir, Daniel. Also, fort mit euch beiden! Ich erledige den Rest. Ich hoffe, der Schock war nicht zu groß für dich, Johannes. Es tut mir leid, dass du das erleben musstest.«

»Das macht nichts«, sage ich.

Mops' Vater seufzt.

»Vielleicht hat er recht«, sagt Mops, als wir wieder draußen vor dem Laden stehen.

»Wer?«

»Mein Vater. Vielleicht ist das alles Viggos Schuld. All das passiert doch nur seinetwegen. Manchmal denke ich, es wäre am besten, wenn er überhaupt nicht hier wäre. Wenn er tot wäre.«

»Das meinst du sicher nicht im Ernst«, sage ich.

»Aber manchmal denke ich das. Ich kann nichts dagegen machen.«

»Die lassen sich doch nicht steuern«, sage ich.

»Was lässt sich nicht steuern?«

»Die Gedanken von einem. Doch das bedeutet nicht, dass man zwangsläufig das meint, was man denkt. Es sind bloß … Gedanken. Macht das Sinn?«

Mops betrachtet mich.

»Seltsamerweise macht es das. Und weißt du, was ich denke?«

Ich schüttle den Kopf.

»Ich denke, dass ich froh bin, dich getroffen zu haben.«

»Mir geht das auch so«, sage ich.

»Was für ein Glück, dass dich Raf gestern mitgebracht hat.«

»Ja«, sage ich und muss im selben Moment an Raf denken. Um wie viel Uhr hatten wir uns noch mal verabredet? Ich kann den Gedanken nicht zu Ende denken, als auf einmal in der Ferne ein Heulton erklingt.

»Was ist los?«, frage ich.

»Luftalarm«, sagt Mops. »Aber das ist bloß ein Test, da passiert nichts, wie fast immer, bleib ganz ruhig.«

Der Alarm heult eine Weile weiter, während wir einfach in die Luft gucken.

»Ja, jedenfalls scheint es so wie sonst zu sein«, sagt Mops.

»Weißt du zufällig, wie spät es ist?«

»Ich glaube, kurz nach drei.«

»Ich habe ganz vergessen, dass ich mich mit Raf treffen wollte, wenn er Schluss hat. Weißt du, wo seine Schule liegt?«

»Na klar. Es ist nicht weit weg von hier. Wenn du möchtest, begleite ich dich.«

»Ja, danke.«

Wir gehen nebeneinanderher durch die Stadt. und bei jedem weiteren Schritt höre ich, wie er immer stärker keucht. Er kann nicht in besonders guter Form sein. Das Hinken macht es leider auch nicht viel besser. Er bemerkt, dass ich ihn beobachte.

»Ja, das ist verdammt störend mit dem Bein. Mit meiner Hüfte stimmt was nicht. Ich kann mich nicht mehr daran erinnern, wie das genau heißt. Dass der Knochen irgendwie wegrutscht. Laut dem Arzt liegt das daran, dass ich zu dick bin, was mir aber nicht ganz einleuchtet. Ich kann doch nichts dafür.«

»Tut das weh?«, frage ich.

»Ein bisschen. Meistens abends und ein paarmal in der Nacht. Am Tag geht es in der Regel gut. Abgesehen davon, dass ich mit dem verfluchten Bein hinke.«

»Gehst du deshalb nicht aufs Gymnasium?«

»Wegen des Beins? Nein, das liegt weiß Gott nicht daran. Mit dem hier stimmt was nicht.«

Er tippt sich mit dem Zeigefinger an den Kopf.

»Ich habe im letzten Jahr die Mittelschule abgeschlossen. Mit Mühe und Not. Mehr war nicht drin. Außerdem war schon immer der Plan gewesen, dass ich im Laden meines Vaters in die Lehre gehen sollte. Mir passt das ausgezeichnet. Die Schule war sowieso nicht das Richtige für mich.«

Er seufzt.

»Ach, da ist er ja.«

Ich schaue hoch und sehe Raf auf der gegenüberliegenden Straßenseite.

»Tag, Jungs!«, ruft er.

Wir gehen zu ihm hinüber.

»Du hast es also noch gefunden«, sagt er.

»Ja«, sage ich. »Mops hat mich begleitet. Entschuldige, dass ich zu spät bin.«

»Und wo seid ihr euch über den Weg gelaufen?«

Er sieht Mops an.

»Johannes hat mir heute im Laden geholfen.«

Ich nicke.

»Sieh einer an. Und ihr wart nur zu zweit?«

»Ja, wer hätte denn sonst noch da sein sollen?«, wundert sich Mops.

»Tja, das weißt du besser als ich«, sagt er.

Mops antwortet nicht.

»Also, danke, dass du ihn bis hierher begleitet hast, Mops.«

»Keine Ursache, Raf. Ich sollte jetzt besser zusehen, dass ich wieder nach Hause komme. Danke für die Hilfe heute, Johannes. Für alles. Bis bald!«

Er reicht mir die Hand.

»Bis bald«, sage ich.

»Ja, auf bald, Mops«, sagt Raf.

Nachdem Mops weg ist, dreht sich Raf zu mir um.

»Armer Kerl! Zum Glück erbe ich keinen alten Krämerladen meines Vaters.«

»Obwohl der eigentlich recht gemütlich ist«, sage ich.

»Gemütlich? Du bist wohl nicht ganz bei Trost? Und außerdem mag dort nach all den Scherereien mit dem Bruder kaum noch jemand einkaufen.«

»Heute hat jemand die Scheiben eingeschmissen«, sage ich.

»Was hast du gesagt?«

»Im Laden von Daniels Vater. Ich war im Laden, als ein paar Jungen Steine durch die Scheiben geworfen haben.«

»Was ist noch passiert?«

»Dann haben sie Sachen gerufen.«

»Was denn?«

»›Landesverräter‹ und so weiter.«

Raf nickt und verschränkt die Arme.

»Ja, aber sie haben doch so gesehen auch recht damit.«

»Wie?«

»Mops und sein Vater haben doch schließlich selbst darum gebeten. Dann passiert einem so was. So ist das halt. Das weißt du sehr gut, Johannes. Aber es tut mir leid, dass du das erleben musstest.«

Ich weiß nicht, was ich sagen soll, sondern starre ihn nur an, einen Moment lang kommt er mir fremd vor.

»Komm!«, sagt er.

»Wohin gehen wir?«, frage ich.

»Wir fahren mit der Fünfzehn nach Hause, sie fährt gleich dort drüben ab.« Er zeigt auf die große Straße, auf der Mops und ich gerade eben hergekommen sind. Er geht los, ich ihm hinterher.

»Da kommt sie«, sagt Raf und beginnt zu laufen.

Weiter die Straße hinauf sehe ich eine Straßenbahn fahren. Sie ist gelb, hat eckige Fenster und an den Seiten ein rotes Schild mit einer aufgedruckten Fünfzehn im selben Gelbton wie die restliche Straßenbahn. Ich renne Raf nach, der sich kurz umsieht, bevor er zwischen den Fahrrädern die Straße quert und auf die Straßenbahn zusteuert, die nun anhält. Wir hüpfen auf den Wagen und Raf geht zum Fahrer.

»Zweimal ohne Umsteigen«, sagt er, bezahlt und kommt anschließend zurück.

»Lass uns hier hinsetzen«, sagt er und deutet auf zwei freie Plätze am Fenster.

Mit einem Ruck setzt sich die Straßenbahn in Bewegung. Ich lehne die Stirn gegen die Scheibe und betrachte die Stadt. Stelle mir vor, hier zu leben. Das ganze Leben lang.

An der nächsten Haltestelle steigen zwei Soldaten zu. Es müssen deutsche sein, doch Raf sagt nichts, sondern wirft nur einen flüchtigen Blick auf sie und sieht dann wieder zum Fenster hinaus. Sie können kaum älter sein als ich, ihre Blicke flackern, als sie auf der Suche nach einem Sitzplatz durch die Straßenbahn streifen. Sie gehen ganz nach hinten in den Wagen, doch eine ältere Dame stellt ihre Handtasche auf die freien Plätze. Sie schaut noch nicht einmal hoch, während sie das tut. Die zwei Soldaten bleiben stattdessen in der Mitte des Wagens stehen und wirken, als wären sie lieber an jedem anderen Ort auf der Welt. Sie tragen beide die gleiche Uniform, einen viel zu weiten dunkelgrünen Mantel mit breiten Brusttaschen. Sie strahlen Unsicherheit aus und einen Moment lang bekomme ich Mitleid mit ihnen. Ich weiß nicht, wieso, aber ich bilde mir ein, zu wissen, wie es ihnen ergeht. Ich kenne dieses Gefühl, die Angst und Unsicherheit in ihren Augen. Das Gefühl, einen Raum zu betreten, wo einen alle angucken.

An der nächsten Haltestelle steigen die zwei Soldaten aus. Die ältere Dame schüttelt den Kopf, als sie weg sind.

»Was für Schlappschwänze«, bemerkt Raf.

Er sagt es so laut, dass es alle in der Bahn hören können.

»Wie meinst du das?«, frage ich.

»Hast du sie nicht gesehen? Was für zwei Memmen. Ich könnte kotzen. Die waren doch immer noch grün hinter den Ohren. Da kann man gut verstehen, dass die Deutschen drauf und dran sind, den Krieg zu verlieren. Wenn diese Sorte Mannschaft alles ist, was Hitler noch hat.«

»Aber sie waren doch wie wir.«

Raf dreht das Gesicht ruckartig vom Fenster weg und sieht mich irritiert an.

»Wie wir? Ich schwöre dir, dass sie das nicht sind, Johannes.«

»Ich meine bloß …«, sage ich, doch Raf unterbricht mich.

»Ich weiß sehr wohl, was du meinst, Johannes, aber das ist Unsinn, entschuldige, wenn ich das so sage. Du weißt offensichtlich nicht, was du redest. Und mir tun sie nicht leid. Kapiert? Oh, unsere ist die nächste, komm!«

Er steht auf und stellt sich an die Tür.

Ich bleibe sitzen.

»Kommst du, Meister?«, fragt Raf von der Tür her.

»Ja«, murmle ich und stehe auf.

Nachdem die Straßenbahn angehalten hat und wir ausgestiegen sind, bleibe ich auf dem Bürgersteig stehen. Raf geht weiter, merkt aber dann, dass ich nicht mitkomme, und dreht sich um.

»Kommst du?«, fordert er mich auf.

»Warum musst du so sein?«, frage ich.

»Wie meinst du das?«

»Warum musst du so blöd sein?«

Mir zieht es den Magen zusammen, als ich das sage, und ich spüre, wie mir schwindelig wird. Aber ich kann mich nicht länger zurückhalten.

»Du bist es, der von nichts eine Ahnung hat«, sage ich. »Mops ist dein Freund und du behandelst ihn wie Dreck. Das macht ihr alle. Du hast keine Ahnung, wie schwer er es hat, oder es ist dir einfach egal, was fast noch schlimmer ist.«

Meine Stimme zittert, die Wangen brennen.

»Johannes«, sagt Raf.

»Und die beiden eben gerade in der Straßenbahn. Über sie weißt du auch nichts. Du weißt nicht, ob sie sich selbst gemeldet haben oder gezwungen wurden. Das weißt du nicht, oder?«

»Johannes.«

»Weißt du es?«

»Nein, Johannes, das weiß ich nicht.«

»Okay.«

»Bist du fertig?«

»Ja«, sage ich.

Mir ist zum Weinen zumute. Warum zum Teufel konnte ich nicht einfach meine Klappe halten? Ich schaue nach unten, beiße mir in die Wange. Ich bin mir sicher, in diesem Augenblick einen knallroten Kopf zu haben, doch das ist mir egal. Dann ist das eben so. Ich hebe den Blick und schaue zu Raf hinüber. Er sagt nichts, sieht jedoch nicht sauer aus. Er sieht auch nicht sonderlich erfreut aus, nickt aber nach ein paar Sekunden.

»Ich kann dich gut leiden, Johannes. Das kann ich wirklich. Es gibt nicht viele, die sich trauen würden, so was zu sagen wie du eben. Und ich bin mir nicht sicher, ob ich dir zustimme. Ich glaube nicht. Nein, ich *weiß*, dass ich das nicht tue. Ich kenne sie nicht. Damit hast du recht. So weit stimme ich dir zu. Aber ob sie sich selbst dazu entschlossen haben oder nicht, ist mir ehrlich gesagt ziemlich schnuppe. Es sind deutsche Soldaten, Nazis, und sie stehen für alles, gegen das ich bin. Darüber können wir bis in alle Ewigkeit diskutieren, aber in dieser Sache werde ich meine Haltung nie ändern.«

»Das ist doch in Ordnung«, sage ich. »Vergiss es einfach. Entschuldige.«

»Du brauchst dich verdammt noch mal nicht zu entschuldigen. Du hast nichts verkehrt gemacht. Wir sind bloß verschiedener Meinung.«

Ich schaue wieder zu Boden.

»Mir ist kalt«, sagt er dann. »Wollen wir weitergehen?«

»Das können wir machen«, sage ich.

Wir gehen los, doch dann bleibt er plötzlich stehen.

»Ich weiß sehr wohl, dass ich mich Mops gegenüber nicht besonders gut verhalten habe. Es ist nur schwer. Ich weiß nicht. Darauf bin ich keineswegs stolz, falls du das glaubst?«

»Nein, nein«, sage ich.

»Es ist nur so verdammt schwer. Aber das ist nicht Mops' Schuld, das weiß ich wohl.«

Er streckt mir die Hand entgegen.

»Freunde?«, fragt er.

Ich nicke.

»Ja, klar«, sage ich und nehme seine Hand.

»Gut. Dich möchte ich weiß Gott nicht zum Feind haben. Du bist ein harter Hund, wenn du zornig bist.«

Er lächelt mich an und versetzt mir mit dem Ellenbogen vorsichtig einen Stoß.

»Wir sind gleich zu Hause, aber ich will dir noch etwas zeigen. Bist du schon mal im Park von Frederiksberg gewesen?«

Ich schüttle den Kopf.

»Aber du hast schon davon *gehört*, nicht wahr?«

»Klar«, sage ich.

»Komm, es ist gleich hier!«

Wir betreten den Park durch ein Tor und setzen uns auf eine Bank am Weg, der an einem kleinen See vorbeiführt. Ein paar Schwäne und Enten ziehen auf dem Wasser ihre Bahnen.

»Als Kind bin ich häufig mit meinem Vater hier gewesen«, sagt er. »Ich habe es nicht gezählt, wie oft wir hier spazieren gegangen sind. Auf alle Fälle komme ich einmal pro Woche her. Ich weiß nicht, wieso, aber das hilft irgendwie.«

»Inwiefern?«, frage ich.

»Es ist ein bisschen, als würde hier die Zeit stillstehen und nichts von dem geschehen, was draußen in der Welt passiert. Hier gibt es keinen Krieg, keinen Tod, nur Frieden und Ruhe. Klingt das nicht völlig verrückt?«

»Nee«, sage ich. »Ich finde, dass das absolut genial klingt.«

Raf lächelt und strahlt.

»Du hast verdammt recht, Johannes. Der Platz ist genial, ja, das ist er wirklich.«

Er steht auf, greift sich einen Stein, nimmt Anlauf und schmeißt ihn, so weit er kann, in den See. Ein paar Enten fliegen auf, als der Stein ins Wasser platscht.

Er dreht sich um und sieht mich an.

»Hunger?«

Als wir den Flur betreten, riecht es bereits nach Essen.

»Seid ihr das?«, ruft Rafs Mutter aus der Küche.

Raf stupst mich an.

»Wer sollte es sonst sein?«, flüstert er leicht grinsend.

Wir gehen in die Küche, in der Rafs Mutter mit dem Rücken zu uns in einem Topf rührt.

»Das riecht aber herrlich«, sagt Raf.

»Das ist gut. Gleich gibt es Essen. Setzt euch rein!«

Wir setzen uns an den bereits gedeckten Tisch.

»Was gibt's?«, erkundigt sich Raf, als seine Mutter mit einer dampfenden weißen Porzellanschüssel hereinkommt.

»Gelbe Erbsen mit Speck.«

»Großartig! Da kannst du dich auf was freuen, Johannes.«

»Guten Appetit!«, sagt Rafs Mutter.

»Danke«, sage ich und schöpfe mir eine ordentliche Portion auf den Teller. Ich habe einen Riesenhunger, und obwohl die dicke gelbe Suppe in der Schüssel nicht zu den einladendsten Gerichten zählt, die ich je gesehen habe, duftet sie gut.

»Vergiss den Speck nicht«, sagt Raf und reicht mir eine kleine, längliche Platte mit einigen dünnen hellroten Scheiben. Sie glänzen vor Fett und ich lege drei Stück auf meinen Teller. Zunächst probiere ich die Suppe, danach das Fleisch. Es schmeckt fantastisch. Wie schafft sie es bloß immer, so gutes Essen zu kochen?

»Es schmeckt einfach irre gut, Edith«, sage ich, den Mund voll gelber Erbsen.

»Ach was!« Sie lächelt. »Du bist wirklich goldig. Ich habe nur auf deine Reaktion gewartet. Es freut mich, dass es dir schmeckt.«

Anschließend gehen wir in Rafs Zimmer. Das Rollo ist bereits heruntergezogen, und es ist stockfinster, daher muss Raf die Schreibtischlampe anschalten.

»Ach, das habe ich vollkommen vergessen dir zu sagen. Die Schule ist morgen geschlossen. In der Turnhalle übernachten deutsche Soldaten, daher wollen sie uns nicht dazwischen herumspringen lassen. Das ist verständlich. Ich habe weiß Gott keine Lust, mich dort aufzuhalten, wenn die da sind. Somit haben wir den ganzen Tag frei.«

»Nice«, sage ich.

»Ja, genau!«, stößt Raf hervor. »So ist es. Es ist *nais.*«

Er betont es auf eine Weise, dass ich mir ein Lachen nicht verkneifen kann. Mit einem starken dänischen Akzent.

»Worüber lachst du?«

»Über nichts«, sage ich. »Du bist einfach nur witzig.«

»Ich bin witzig? Na, dann danke.«

Er steht auf und macht eine Verbeugung.

»Ich kann auch auf den Händen laufen. Willst du mal sehen?«

Ich nicke.

Er richtet sich auf. Macht ein paar Schritte vorwärts, beugt sich vor, setzt die Hände auf den Boden und schwingt die Beine in einer geschmeidigen Bewegung nach oben, sodass er einen Augenblick später plötzlich auf den Händen steht. Er läuft in einem kleinen Kreis herum, bevor er die Beine wieder zum Boden schwingt. Sein Gesicht ist ganz rot, als er wieder aufrecht dasteht.

»Das ist ja irre! Wieso kannst du das?«

»Ich bin doch Einzelkind. Da langweilt man sich manchmal, also habe ich mir selbst beigebracht, auf den Händen zu laufen.«

»So was könnte ich nie lernen«, sage ich.

»Unsinn! Ich glaube, man kann alles Mögliche, ohne es zu wissen. Vielleicht kannst du auch auf den Händen laufen. Vielleicht bist du mit einem Zirkusakrobaten verwandt. Dein Ururururgroßvater war wahrscheinlich ein richtiger Angeber, der ständig auf den Händen umherlief.«

»Das hat er bestimmt gemacht«, antworte ich grinsend.

Da klopft es an der Tür und Rafs Mutter steckt den Kopf herein.

»Also, ich gehe ins Bett. Ich muss morgen früh raus, schlaft gut, ihr beiden.«

Sie wirft zuerst Raf und dann mir einen Luftkuss zu.

»Ja, gute Nacht, Mutter«, sagt Raf.

Sie schließt die Tür und wir sind wieder allein.

»Wir warten noch ungefähr eine halbe Stunde«, sagt Raf. »Dann schläft sie. Und wir dampfen ab.«

»Ach ja?«, sage ich. »Wo geht's hin?«

»Wart's ab, Johannes. Wart's ab.«

19

Die Klinke knirscht, als Raf die Tür zur Hintertreppe ganz vorsichtig öffnet und hinausschleicht. Ich folge ihm, schlängle mich auf dem schmalen Treppenabsatz an ihm vorbei, während er vorsichtig die Tür hinter uns schließt. Er lauscht kurz an der geschlossenen Tür, dreht sich dann zu mir um und strahlt übers ganze Gesicht. Er wirkt beinahe wie in Ekstase.

»Freie Bahn«, sagt er. »Komm!«

Wir gehen die Hintertreppe hinunter und gelangen in den Hof. Über uns prangt der Mond mit seinem dunstigen weißen Licht. Ansonsten ist es dunkel. Sämtliche Fenster bis ins oberste Stockwerk hinauf sind düster. Einige Kellerfenster sind zugemauert, vor anderen stapeln sich meterhoch große Säcke. Das ist mir gestern nicht aufgefallen, da ich nur auf die anderen Kinder geachtet habe, doch jetzt wirkt der schmale, längliche Hinterhof etwas unheimlich und fast klaustrophobisch. Auf einmal mag ich nicht mehr dort sein. An einer Mauer liegt ein umgestürzter Kinderwagen, an dem ein Rad fehlt. Der Asphalt hat Beulen und Risse, und hier und da schimmert eine Pfütze im silbrigen Mondlicht.

»Hier entlang«, flüstert Raf.

Wir gehen zum Ende des Hofs, dann eine Treppe hinunter, die uns zu einer Kellertür geleitet. Raf zieht einen Schlüsselbund aus der Tasche und schließt auf.

»Bleib dicht hinter mir. Hier kann man nicht die Hand vor Augen sehen.«

Ich folge ihm durch den dunklen Kellergang. Ich spüre mein Herz pochen und möchte ihn am liebsten fragen, ob wir nicht umkehren können. Mir wird schon eine Ausrede einfallen. Dass ich pinkeln muss oder etwas in der Art. Wir gehen im Dunkeln weiter, bis wir eine weitere Treppe erreichen.

»Gleich sind wir da«, flüstert er.

Wir gehen die Treppe hinauf, die unter unseren Füßen knarrt und ächzt.

»Verfluchte Scheiße!«, raunt er.

Er scheint überhaupt keine Angst zu haben; sicherlich ist er hier viele Male entlanggegangen.

Es riecht stickig und schimmelig, als wir den Dachboden erreichen, über dessen Tür eine kleine Birne Licht spendet. Drinnen liegen überall alte Bretter und Balken herum, an mehreren Stellen stehen große Säcke, die mit Sand oder zerkleinerten Steinen gefüllt zu sein scheinen. Da höre ich plötzlich Musik.

»Sie haben bereits angefangen«, sagt Raf.

»Wer?«, frage ich.

»Die Jungs.«

Wir haben fast das Ende des Raums erreicht und stehen erneut vor einer Tür. Raf klopft, zwei langsame und drei schnelle Schläge. Es vergeht ein Augenblick. Dann verstummt die Musik. Wir können Stimmen hören und ein Geräusch von etwas wie einer Schublade, die geöffnet wird, dann Schlüsselklirren und schließlich geht die Tür auf.

»Hallo. Willkommen!«

Ulrik steht in der Tür.

»Und wie ich sehe, hast du den Fußballspieler mitgebracht.«

Er reicht mir die Hand, und ich beeile mich, sie zu nehmen.

»Hej«, sage ich.

Oder piepse ich eher, klinge wie ein kleiner Junge; wie peinlich! Raf bereut es sicher, mich überhaupt mitgenommen zu haben. Auf einmal fühle ich mich, als wäre ich acht Jahre alt und mit meinem Vater auf der Arbeit.

»Kommt rein«, fordert Ulrik uns auf und klopft mir auf die Schulter. »Wir beißen nicht. Also, Mops schon, weil er seit mehr als zwei Stunden nichts gegessen hat. Da beginnt sein Magen ein wenig zu knurren. Ist es nicht so, Mops?«

»Ach, hör auf!«, erwidert dieser.

Er sitzt in einer Ecke an einem kleinen, runden Tisch. Sein Gesicht wird von einer einzelnen Kerze beleuchtet. Aber er ist nicht allein. Die Zwillinge Ejnar und Erik sind auch da und Jørgen.

»Hallo, Johannes«, sagt Mops.

»Hallo«, sage ich.

»Wollt ihr euch nicht setzen?«

»Ja, Mann, pflanzt euren Arsch hin!«, ruft Ulrik aus.

»Danke, danke«, sagt Raf, während er sich an den Tisch setzt. Ich hole mir einen Schemel und beeile mich, ihn so zu platzieren, dass ich zwischen Raf und Mops sitze.

»Und was könnt ihr uns heute Abend anbieten?«, fragt Raf.

»Das weißt du doch«, grinst Ulrik. »Das Übliche. Etwas zu trinken und etwas Tabak. Ersatz, aber immerhin, das war das Einzige, was aufzutreiben war, nicht wahr, Mops?«

Mops antwortet nicht, sondern nickt nur leicht entschuldigend, während er mit den Schultern zuckt.

»Powhattan?«, fragt Raf.

»Jep«, sagt Ulrik und reicht ihm eine kleine rote Packung, die etwas größer als eine Streichholzschachtel ist.

»Bitte sehr«, sagt er.

»Wie vornehm«, freut sich Raf und hält die Packung gegen das Licht.

»Powhattan Mixture. Die mag ich verdammt gern. Erinnert ihr euch, wie wir auf der Straße Zigarettenstummel aufgesammelt haben? Dann ist *das* hier doch schon besser. Etwas zivilisierter.«

Er fischt eine Zigarette aus dem Päckchen, steckt sie sich zwischen die Zähne und reicht mir die Packung.

»Nein danke«, lehne ich ab.

»Bist du sicher?«

Ich nicke.

»Du bevorzugst wohl eher echte Ware?«, fragt Ulrik.

»Wie?«, sage ich.

»Ja, richtigen Tabak. Möglicherweise kannst du Ersatz nicht ausstehen?«

»Nein, ich glaube nicht«, entgegne ich, ohne genau zu wissen, was ich von mir gebe.

Diese Fragerei gefällt mir nicht.

»Lass ihn doch in Ruhe, Ulrik«, wirft Ejnar ein.

»Ja, ja, ich bin bloß neugierig.«

Er sieht mich an. Lächelt auf eine Art, die ich nicht richtig zu deuten vermag.

»Ich bin bloß neugierig, Johannes. Du musst natürlich nichts tun, was du nicht willst.«

Ich lächle ein wenig verlegen und schaue auf den Tisch.

»Du kannst auch etwas zu trinken haben, falls du magst. Das kannst du nicht ablehnen, nicht wahr, Raf, das musst du zugeben?«

Raf hat Feuer bekommen, nickt und schaut zu mir herüber, während er eine große Rauchwolke ausstößt. Der Rauch breitet sich wie eine Decke in dem kleinen Raum aus.

»Ja, da hat Ulrik recht, und es kommt nicht oft vor, dass ich das zugeben muss.«

»Stimmt!«, bestätigt Ulrik und reicht mir eine dunkle Flasche mit irgendetwas darin.

»Das macht mein Bruder. Das ist gut. Richtig gut.«

Ich betrachte die Flasche. Ich bin ein paarmal mit Magnus voll gewesen, als wir Breezer und Mokaï getrunken haben, einmal habe ich alles wieder ausgekotzt, aber diese Flasche, die mir Ulrik jetzt hinhält, wirkt im Vergleich zu einem Breezer wie das reinste Gift. Trotzdem nehme ich sie, ziehe den Stöpsel heraus, setze sie an und nehme einen Schluck. Ich kneife die Augen zusammen und bereite mich darauf vor, dass es grauenhaft schmeckt, aber so schlimm ist es überhaupt nicht. Es schmeckt ein wenig säuerlich und leicht süß, im Grunde ganz gut. Wie warmer Saft. Ich nehme noch einen Schluck und stelle die Flasche auf den Tisch.

»Lecker«, sage ich und rülpse.

Zunächst ist es vollkommen still im Raum. Dann platzen alle fast vor Lachen. Sogar Ulrik. Er kann überhaupt nicht mehr aufhören. Raf lacht auch. Ihm laufen fast die Tränen. Ich fange ebenfalls an zu lachen. Mit einem Mal ist all meine Nervosität wie weggeblasen, ich greife wieder zur Flasche und setze sie an, öffne den Rachen, wie Magnus es mir beigebracht hat, lehne den Kopf zurück und trinke.

»Was für ein Teufelskerl!«, ruft Ulrik aus.

»Definitiv«, grinst Raf.

Anschließend geht die Flasche reihum und kurz darauf reden alle durcheinander. Meist höre ich nur zu, beteilige mich nicht richtig am Gespräch, nicke im passenden Moment bloß zur Bestätigung, aber das stört mich nicht, in ihrer Gesellschaft fühle ich mich nicht länger klein oder ausgeschlossen. Stattdessen bin ich absolut fantastischer Stimmung. Irgendwann fällt mir auf, dass Mops der Einzige ist, der nichts sagt. Er sitzt wie ich meistens nur da und hört zu, doch sein Blick hat etwas Flackerndes und er sieht besorgt aus. Ich lehne mich über den Tisch.

»Wie gehts dir?«, erkundige ich mich.

Er reagiert nicht auf meine Frage. Sitzt bloß da

und starrt ins Leere. Ich schnipse mit den Fingern, ich weiß gar nicht, wieso mir das auf einmal einfällt, denn das passt überhaupt nicht zu mir, aber ich fühle mich auch nicht mehr, als wäre ich ich selbst. Vielmehr ein klein wenig betrunken.

»He, Mops. Bist du okay?«

Er schaut mich an.

»Wie bitte?«, fragt er.

»Wie geht's dir?«

Ich bin mit Sicherheit voll, kann an meiner Stimme hören, dass sie ein wenig angesäuselt klingt.

»Ich weiß es nicht, Johannes. Ich weiß nicht, was ich sagen soll. Aber danke, dass du nachfragst. Mir ist bloß nicht so gut.«

»Hat dein Vater noch etwas gesagt, als du zurückgekommen bist?«

»Er hat meistens das alles nur satt. Aber er kann ja nicht viel dagegen tun. Er ist schließlich sein Sohn. Und mein Bruder. Davor können wir nicht weglaufen.«

Ulrik unterbricht uns auf einmal.

»Worüber redet ihr?«

»Über nichts«, sagt Mops.

»Ich dachte, ich hätte gehört, dass du deinen Bruder erwähnst. Wie geht es ihm eigentlich, Mops? Ist er immer noch Nazi?«

»Hör auf!«, sagt Mops.

»*Ist* er noch einer?«, versucht es Ulrik noch mal. »Das ist doch nur eine einfache Frage.«

»Das geht dich nichts an«, murmelt Mops.

Plötzlich steht Ulrik auf, sodass die Flasche auf dem Tisch wackelt.

»Da irrst du dich, Daniel. Das geht mich sehr wohl was an. Denn ich mag in meinem Land keine Verräter haben. Kapiert?«

Er wirkt betrunken, schwankt von einer Seite zur anderen. Dann setzt er sich wieder hin, und einen Moment lang glaube ich, dass er fertig ist, doch nachdem er ein wenig an der Tischkante herumgefummelt hat, erhebt er sich wieder und zeigt auf Mops.

»Weißt du, was dein Bruder ist?«

Mops antwortet nicht, sondern sieht Ulrik nur mit einem vollkommen leeren Blick an.

»Weißt du, was er ist? Hä? Weißt du, was er ist? Er ist ein deutschenfreundlicher Drecksköter. Das ist er!«

»Und das von dir«, entgegnet Mops ganz leise.

»Zum Teufel, wie meinst du das?«

Ulrik schreit beinahe, doch Mops antwortet nicht. Stattdessen guckt er einfach in die Luft. Sein Gesicht sieht vollkommen leer aus und wirkt wie versteinert, doch mir ist nicht klar, ob er Angst hat oder es ihm einfach nur egal ist.

»Wie zum Teufel meinst du das?«, wiederholt Ulrik.

»Ich meine nur, dass man sich von einem Sohn eines Kollaborateurs eine ganze Menge anhören muss.«

»Was zum Teufel sagst du da, verdammt?«

Ulrik starrt Mops mit rasendem Blick an. Die Augen zu Schlitzen verengt und hart.

»Mein Vater ist Hilfsarbeiter.«

»Ach ja, aber für wen? Du weißt sehr gut, wofür der Flughafen genutzt wird, nicht wahr?«

Das ist offenbar der Tropfen, der das Fass zum

Überlaufen bringt, denn plötzlich macht Ulrik einen Schritt auf Mops zu und packt ihn am Kragen.

»Sag das noch mal!«

»Lass ihn los!«, unterbricht Raf.

Ulrik hält Mops immer noch fest.

»Sag das noch mal!«, brüllt er.

Da eilt Raf herbei und schubst Ulrik weg.

»Jetzt hör auf, verflucht noch mal!«, sagt er.

Ulrik sitzt in der Zwickmühle, tut aber, was Raf sagt, und tritt ein Stück zur Seite.

»Idiot«, raunt er.

Mops hat Tränen in den Augen und beginnt schließlich zu weinen. Zuerst ganz leise, dann immer stärker, bis er nur noch schluchzt, das Gesicht in den Händen vergraben. Keiner der Jungen tut etwas. Sie sitzen bloß da und starren zu Boden, während Mops weint.

»Verdammt, Ulrik«, sagt Raf. »Sieh nur, was du angerichtet hast.«

»Verdammt, er hat doch damit angefangen«, murmelt Ulrik von der anderen Seite des Raums.

»Haben wir nicht schon darüber gesprochen?«, sagt Raf. »Wir müssen doch zusammenhalten, oder? Wir können nicht anfangen, aufeinander loszugehen. Darüber haben wir gesprochen. Zusammen sind wir stärker als jeder für sich. Einverstanden?«

Alle nicken, sogar Ulrik. Auch Mops entfernt die Hände vom Gesicht und stimmt zu.

»Und wisch dir die Augen ab, Mops«, fordert Raf ihn auf.

»Entschuldigung«, sagt er.

»Mensch, du brauchst dich nicht zu entschuldigen, Mops. Aber jetzt wollen wir etwas Spaß haben. Wollen wir Musik hören? Ulrik, kannst du nicht eine Platte auflegen? Was von Leo Mathisen, damit die Stimmung steigt, oder?«

Raf zwinkert mir zu.

»Mann, jetzt bekommst du was zu hören, Johannes!«

Ulrik hantiert ein wenig an einer Kiste in der Ecke herum, zieht an einem Griff, woraufhin der Raum von einem krächzenden Laut erfüllt wird. Dann fängt die Musik an. Das muss es sein, was wir vorhin gehört haben. Es klingt gut, ein wenig chaotisch. Es strömt einfach irgendeine Art von Jazz heraus. In einem heillosen Kuddelmuddel aus allen möglichen Instrumenten wie Klavier, Trompete und Saxofon. Als die Nummer zu Ende ist, legt Ulrik eine neue Platte auf. Es ist ein witziges, kurzes Lied. Habe ich das nicht schon mal gehört? Mir ist schwindelig, aber auf angenehme Weise. Ich lehne mich zurück und schließe die Augen. Alles andere außer der Musik verschwindet.

Take it easy, boy boy
go to your home
smoke a cigar.
Take it easy, boy boy.
Let the others make the hard work for you.

Die Musik verändert die Stimmung. Plötzlich fühle ich mich völlig glücklich. Selbst Mops und Ulrik scheinen wieder gute Freunde zu sein. Sie sitzen jedenfalls intensiv in ein Gespräch vertieft da, den Arm um die

Schulter des anderen gelegt. Raf lehnt an der Wand, seine Füße wippen im Takt der Musik, während er an einer Zigarette zieht, den Mund spitzt und den Rauch in einem geraden Streifen herausbläst. Er wirkt vollkommen ruhig. Echt cool!

Er sieht mich an.

»Uns geht's verdammt gut, Johannes«, sagt er. »Ja, so ist es.«

Als wir uns ein paar Stunden später im Hof verabschieden, habe ich den Eindruck, zu schweben. Vielleicht ist es der Alkohol, vielleicht bloß die Stimmung.

»So long, Johannes«, sagt Ulrik. »Bis hoffentlich bald.«

Er lächelt mir zu, aber diesmal hat sein Lächeln nichts Unglaubwürdiges, sondern wirkt ganz aufrichtig. Ich gebe allen die Hand. Wir stehen im dunklen Hinterhof im Kreis, und obwohl er noch genauso aussieht wie zuvor, mit den vereinzelten Pfützen, dem umgestürzten Kinderwagen und den zugemauerten Fenstern, strahlt er nun Frieden und Sicherheit aus. Die Dunkelheit hat ihre Bedrohlichkeit verloren. Als ich bei Mops bin, gebe ich ihm zunächst die Hand, ziehe ihn aber dann an mich heran und drücke ihn herzlich. Ich sehe ihm an, wie überrascht er ist – so wie ich auch –, aber es fühlt sich gut an. Ich klapse ihm zweimal auf den Rücken, bevor ich ihn loslasse.

»Das wird schon«, ermuntere ich ihn. »Das verspreche ich dir.«

»Danke«, sagt Mops.

Auf dem Rückweg durch den Hof habe ich die ganze Zeit das starke Bedürfnis, mich ein letztes Mal zu den Jungs umzudrehen. Aber das lasse ich bleiben. Ich gehe einfach weiter und konzentriere mich darauf, Raf im Dunkeln zu folgen. Oben im Zimmer setze ich mich auf die Kante von Rafs Bett. Der ganze Raum dreht sich.

»Ich bin voll«, sage ich.

»Ja, ich auch, Mann«, antwortet Raf grinsend.

Als ich kurze Zeit später im Bett liege und Raf in seine Decke gehüllt auf dem Boden liegt, kann ich nicht einschlafen. Mein Herz pocht kräftig, gleichzeitig habe ich den Eindruck, als könnte ich das Blut durch meinen Körper brausen hören. Was wohl in der Flasche gewesen sein mag? Ich fühle mich ziemlich betrunken, jedoch nicht auf unangenehme Weise. Auf dem Boden atmet Raf in unregelmäßigen Zügen.

»Raf?«

»Mmm«, brummt er.

»Hast du nie Angst?«

»Wovor?«

Jetzt klingt er etwas wacher.

»Ich meine bloß, hast du nie Angst? Bei allem, was in der Welt passiert. Vor dem Krieg.«

Es ist ganz still auf dem Boden. Dann stützt er sich auf einen Ellenbogen und sieht mich in der Dunkelheit an.

»Ich kann unruhig werden. Und mir Sorgen machen. Aber ich habe keine Angst. Das Einzige, wovor ich Angst habe, ist, zu sterben, ohne etwas bewirkt zu haben. Ohne gelebt zu haben. Davor habe ich Angst. Verstehst du, was ich meine?«

»Ja«, antworte ich.

»Aber ich denke, wir sollten jetzt versuchen, ein wenig zu schlafen. Gute Nacht, Johannes.«

»Gute Nacht, Raf.«

Ich starre an die Decke. Von draußen dringt das Geräusch eines vorbeifahrenden Autos herein.

»Raf?«

»Ja.«

»Wieso nennen dich eigentlich alle so? Also, Raf?«

»Ich dachte, du hättest das längst herausgefunden. Es ist wegen meiner Royal-Air-Force-Mütze. Ich war der Erste der Jungs, der damit herumlief. Dummdreist, wie ich war. Aber ich habe diese Mütze geliebt. Jetzt sind sie allerdings leider verboten, doch ich trage sie immer bei mir. So, aber jetzt *müssen* wir schlafen, Johannes.«

»Ja. Gute Nacht, Raf.«

»Gute Nacht, Meister.«

Später in der Nacht werde ich mit einem Ruck wach. Ich glaube, etwas gehört zu haben. Ein schnurrendes Geräusch. Ich verharre regungslos in der Dunkelheit und lausche einen Moment. Nichts. Vielleicht habe ich das bloß geträumt. Dann drehe ich mich um und betrachte Raf. Er hat sich ganz in die Decke eingewickelt, die Beine angezogen, und sein Gesicht ruht auf einem Arm. Im Dunkeln wirkt er plötzlich wie ein kleines Kind. Er strahlt etwas Sanftes und Unschuldiges aus. Auch er ist nur ein Junge. Ich drehe mich wieder auf den Rücken. In der Dunkelheit kann ich die Umrisse des Plakats mit dem Luftschiff erahnen. Ich schließe die Augen und stelle mir vor, wie ich über die Dächer der Stadt schwebe. Alles ist ruhig und friedlich. Dann ist da wieder das Geräusch. Diesmal bin ich mir völlig sicher. Ich setze mich auf, schwinge die Beine aus dem Bett, spüre den kalten Boden unter den Füßen. Ich nähere mich vorsichtig dem Fenster, schiebe das Rollo zur Seite und blicke in die Dunkelheit. Nichts. Bloß Finsternis und Stille. Auf der anderen Straßenseite kann ich undeutlich die Konturen eines Gebäudes sehen. Sämtliche Fenster sind schwarz. Am Himmel sind hier und da ein paar Sterne zu sehen, doch der Mond ist verschwunden. Ich schiebe das Rollo ein wenig weiter zur Seite, stoße dabei aber an die Schale mit den Patronen, woraufhin ein paar von ihnen mit einem schwachen Klirren auf die Fensterbank kullern. Raf grunzt auf dem Boden und dreht sich um, wird aber nicht wach. Ich sammle die Patronen auf, lege sie vorsichtig in die Schale zurück und gehe wieder ins Bett. Raf atmet tief.

»Gute Nacht, Meister«, flüstere ich.

TEIL 4

DIE FRANZÖSISCHE SCHULE

20

Ich werde von einer unbekannten Stimme geweckt. Ich richte mich im Bett auf. Raf ist weg. Die Decke liegt ordentlich gefaltet auf dem Stuhl am Schreibtisch. Da höre ich wieder die Stimme. Direkt auf der anderen Seite der Tür. Sie gehört einem Mann, so viel kann ich jetzt hören. Ich werde nervös, höre dann aber Rafs Stimme. Er spricht mit dem Mann, sagt etwas zu ihm, was diesen auflachen lässt. Ein lautes und abgehacktes Lachen. Danach werden die Stimmen wieder leiser. Ich kann nicht verstehen, worüber sie sprechen. Plötzlich öffnet sich die Tür und Raf steckt den Kopf herein.

»Guten Morgen, Meister. Wir haben Besuch, willst du nicht rauskommen und ihn begrüßen?«

»Ja, doch«, sage ich, obwohl ich am liebsten im Bett bleiben möchte.

»Keine Angst. Es ist nur mein Onkel. Er ist gerade eben vorbeigekommen.«

»Ja, vor mir brauchst du weiß Gott keine Angst zu haben«, ruft eine Stimme vom Flur.

Raf grinst.

»Da hörst du es.«

»Ich komme gleich«, sage ich.

»In Ordnung«, erwidert Raf und lächelt. Dann schließt er die Tür.

Ich höre Schritte und etwas, das wie das Klappern von Tellern klingt. Sie müssen in die Küche gegangen sein. Ich setze mich im Bett auf, reibe mir die Augen. Ich bin völlig erledigt, mir tut der Kopf weh und ich habe einen komischen, üblen Geschmack im Mund. Von überreifen, schimmeligen Früchten. Das muss dieser Wein gewesen sein oder was auch immer wir gestern getrunken haben. Ich ziehe die Hose an, hebe die Strümpfe vom Boden auf und nehme den Pullover vom Stuhl. Ich rieche an ihm. Er riecht säuerlich und ein bisschen nach Schweiß, doch ich habe nichts anderes. Da klopft es an der Tür.

»Der Kaffee ist fertig«, sagt Raf. »Kommst du?«

»Yes, bin schon auf dem Weg«, antworte ich.

Sie sitzen in der Küche. Rafs Onkel lehnt mit einer Tasse Kaffee in der Hand an der Wand, seine Hände sind derart riesig, dass die Tasse beinahe darin verschwindet, und außerdem ist er schmutzig – oder vielmehr seine Kleidung. Er trägt große, klobige Stiefel und eine abgewetzte dunkle Hose. Die Jacke hat er anbehalten. Eine lange braune Lederjacke, die aussieht, als hätte er sie auf der Straße aufgesammelt. Er trägt auch eine Mütze, wie sie manchmal ältere Männer aufhaben. Weich und dunkel kariert. Als er den Kopf herumdreht, entdecke ich, dass die Mütze an mehreren Stellen mit Sicherheitsnadeln zusammengehalten wird.

»Mensch, da ist er ja!«

Er stellt die Kaffeetasse ab.

»Guten Tag. Johannes, nehme ich an?«

»Ja, das bin ich«, sage ich ganz leise.

Er lacht, sodass sein ganzer Körper bebt. Er sieht Raf an.

»Tja, du hast mich ja bereits gewarnt, dass er ein wenig einsilbig sein könnte. Aber jetzt sehe ich, was du meinst.«

Dann schaut er wieder zu mir.

»Keine Sorge. Ich beiße nicht. Nicht wahr?«

Raf schüttelt den Kopf.

»Nicht, soweit ich weiß. Nein.«

»Nur die Deutschen. Denen beiße ich in den Arsch.«

Dann lachen alle beide. Sie können gar nicht mehr damit aufhören. Ich versuche, ein wenig zu lächeln, was sich aber blödsinnig anfühlt.

»Du musst wirklich entschuldigen«, sagt er. »Ich habe mich noch gar nicht vorgestellt. Ich bin Aksel. Ich bin Ediths Mistkerl von einem kleinen Bruder. Du brauchst vor mir keine Angst zu haben. Im Grunde genommen bin ich ganz in Ordnung. Das habe ich mir zumindest sagen lassen.«

Er nimmt die Mütze ab und kratzt sich am Kopf.

»Das bist du auf alle Fälle«, bestätigt Raf. »Noch etwas Kaffee, Aksel?«

»Ja, bitte«, sagt er.

»Was ist mit dir, Johannes?«, fragt Raf.

»Nein danke«, sage ich.

»Im Topf ist noch etwas Hafergrütze, falls du hungrig bist.«

»Danke«, sage ich.

Ich hole mir ein Schüsselchen aus dem Schrank, gehe zum Herd und kratze mit einem Kochlöffel den letzten Rest des Breis heraus. Er ist schon fast fest. Ich nehme einen Bissen, der lecker schmeckt, wenn auch eigentlich nach nichts so richtig; dennoch sättigt der Brei, und ich könnte vor Hunger sterben. Dann setze ich mich an den Tisch, an dem Aksel in einer braunen Ledertasche herumwühlt.

»Bitte sehr«, sagt er und reicht Raf ein paar Blätter.

»Danke«, sagt Raf und schaut sie durch.

»Das ist eine sehr heftige Lektüre.«

Raf blättert weiter und nickt zustimmend.

»Mensch, man glaubt, dass das alles nicht wahr sein kann«, sagt Aksel.

»Was ist das?«, frage ich.

»Die letzte Ausgabe des *Danskeren*«, erläutert er. »Ab und zu bringe ich ein paar Zeitungen vorbei, damit der junge Mann auf dem Laufenden ist.«

Er bewegt den Kopf in Rafs Richtung.

»Ja, danke«, murmelt Raf halb abwesend, den Blick auf die aufgeschlagene Zeitung vor sich gerichtet.

»Pfui Teufel!«, murmelt er, ohne aufzublicken.

Aksel lehnt sich auf dem Stuhl zurück.

»Das wird wahrscheinlich für eine gewisse Zeit das Letzte sein«, sagt er.

Raf unterbricht die Lektüre und blickt auf.

»Wieso das?«, fragt er.

»Ich habe daran gedacht, ein bisschen unterzutauchen. Nur eine kleine Weile. Es ist im Augenblick zu gefährlich. Zurzeit ist überall Gestapo. Und es kursieren die unterschiedlichsten Gerüchte. Das scheint mir verdammt noch mal das Vernünftigste zu sein.«

»Für wie lange?«, fragt Raf.

»Ungefähr einen Monat. Vielleicht länger. Ich weiß es nicht, das wird sich zeigen.«

»Hast du meiner Mutter davon erzählt?«

»Nein, das musst *du* machen. Sie macht sich immer so viele Gedanken, aber das wird sich schon geben. Es ist besser so.«

Raf nickt.

»Darf ich sie noch mal haben?«, fragt er.

Raf reicht ihm die Zeitung.

»Hör mal her! Du auch, Johannes.«

Dann liest er laut vor.

Während des Prozesses in Lublin gegen die deutschen Kriegsverbrecher der Todesfabriken von Majdanek hat Major Pohlmann zugegeben, persönlich über 20000 Menschen hingerichtet zu haben. Ein anderer Angeklagter, Wilhelm Herstenmeyer, musste zugeben, mehrere Menschen bei lebendigem Leibe begraben zu haben. Ein weiterer, SS-Gruppenführer Theo Scholem, verwaltete das Eigentum der Hingerichteten und hat den Opfern eigenhändig die Goldplomben aus dem Mund gezogen! Im Sommer 1943 wurden in nur einer Woche im Warschauer Ghetto 40000 Juden umgebracht. Während die Deutschen am 3. November 1943 in den Gaskammern von Majdanek 18000 Juden ermordeten, waren aus den Lautsprechern

Strauss-Walzer zu hören, um die Schreie der Opfer zu übertönen.

»Die sind doch krank im Kopf«, sagt Raf.

»Zweifelsohne«, bestätigt Aksel. »Die reinsten Barbaren. Sieh mal!«

Er dreht die Zeitung um, damit ich es auch sehen kann.

Oben auf der Seite zeigt ein grobkörniges Schwarz-Weiß-Foto einen Mann, der am Rand eines gegrabenen Lochs kniet. Direkt hinter ihm steht ein Soldat und zielt mit einer Pistole auf seinen Hinterkopf. Ein Stück dahinter befindet sich eine größere Gruppe von Soldaten und wohnt dem Ganzen bei.

»Sie bringen sie einfach um. Schlachten sie ab. Einen nach dem anderen. Manchmal mehrere auf einmal. Auch Frauen und Kinder. Das ist Wahnsinn. Gegen solche Menschen kämpfen wir, Johannes.«

Ich weiß nicht, was ich sagen soll. Beim Anblick des Fotos wird mir schlecht. Plötzlich steht Aksel auf.

»Also«, sagt er. »Danke für den Kaffee, aber ich muss jetzt zusehen, dass ich weiterkomme.«

Wir begleiten ihn in den Flur.

»Grüß meine Schwester, wenn sie heimkommt. Sag ihr, dass sie sich keine Sorgen zu machen braucht. Ich bin bald wieder zurück. Versprochen.«

Raf nickt.

»Gott schütze dich«, sagt er.

»Danke«, sagt Aksel.

Dann knöpft er seine Jacke zu, geht zur Tür hinaus

und die Treppe hinunter. Die klobigen Stiefel machen Lärm auf den Stufen. Auf halbem Weg nach unten dreht er sich unvermittelt um.

»Was habt ihr heute vor?«, fragt er.

»Nichts Besonderes«, sagt Raf. »Ich habe meiner Mutter versprochen, eine Besorgung zu erledigen.«

»Wo?«

»Bloß zum Metzger am Værnedamsvej.«

»Gut. Aber haltet euch von der Innenstadt fern, versprecht ihr mir das?«

»Wieso denn?«

»Tut einfach, was ich sage. Bleibt in Frederiksberg.«

»Passiert etwas?«

»Haltet euch bloß von der Stadt fern und passt auf euch auf. Versprecht ihr mir das?«

»Ja, klar, das machen wir, Onkel.«

»Gut.«

Er sieht uns ein paar Sekunden schweigend an. Als wolle er sichergehen, dass wir ihn verstanden haben. Dann nickt er uns zu, dreht sich um und verschwindet die Treppe hinunter. Das Geräusch seiner Stiefel ist den ganzen Weg durchs Treppenhaus zu hören.

21

Die Kälte beißt im Gesicht, als wir auf die Straße treten. Ich ziehe den Reißverschluss bis unters Kinn zu und vergrabe meine Hände in den Taschen.

»Ach, das hätte ich beinahe vergessen«, sagt Raf. Er nimmt seine Tasche und wühlt einen Augenblick darin. Dann findet er, wonach er gesucht hat, und gibt es mir.

»Hier«, sagt er.

»Was ist das?«

»Meine R.A.F.-Mütze. Meine Mutter hat sie damals gestrickt. Die ist ihr tatsächlich gut gelungen.«

Er hält die blau-rot-weiß gestreifte Mütze gegen das Licht, wirft sie in die Luft und fängt sie wieder auf.

»Aber jetzt gehört sie dir, wenn du sie haben magst.«

»Danke«, sage ich und nehme die kleine Strickmütze. Sie ähnelt einem Topflappen, ist trotzdem auf eine gewisse Weise schick. Vielleicht sind es die Farben, jedenfalls gefällt sie mir gut.

»Keine Ursache. Aber ich würde trotzdem nicht

mit ihr in der Öffentlichkeit herumlaufen, wenn ich du wäre. Du kannst sie in der Tasche herumtragen. Als eine Art Talisman. Ich bin sicher, dass sie dir eine Menge Glück bringen wird.«

Er grinst und klopft mir auf den Rücken.

»Verdammt, ist das kalt!«

Er ballt seine Hände zu Fäusten und pustet in sie hinein.

»Und natürlich habe ich die Fäustlinge vergessen. Lass uns zusehen, dass wir von hier wegkommen, sonst werde ich zum Eisblock, wenn ich noch länger stehen bleibe.«

Wir gehen los und das hilft. Nach kurzer Zeit ist mein Körper wieder warm, doch Hände, Beine und Füße sind immer noch eiskalt. Es herrscht eine raue Brise, ich muss die ganze Zeit nach unten gucken, da mir der Wind sonst direkt in die Augen bläst. An uns fährt im Schritttempo ein Fahrrad vorbei. Ein Vater mit seinem Sohn vorne auf der Stange. Der Vater hält mit einer Hand den Lenker und mit der anderen seinen Hut fest. Er schaut zu uns herüber.

»Strenger Wind heute«, stellt er fest.

»Das können Sie laut sagen«, entgegnet Raf.

Mein Blick begegnet dem des Jungen auf dem Fahrrad. Er trägt einen grauen Mantel, dunkle Stiefel und hat eine kleine Strickmütze auf dem Kopf, aus der ein paar blonde Locken hervorragen. Er lächelt mich an, was ich erwidere.

»Guten Tag«, grüßt der Junge.

Seine Stimme ist ganz hell. Er kann kaum älter als fünf Jahre sein.

»Guten Tag«, erwidere ich.

Kurzzeitig legt sich der Wind, macht eine kleine Pause, wodurch das Fahrrad mit einem plötzlichen Ruck in Richtung Radweg losschießt und sich von uns entfernt. Auf der Straße zieht ein Pferdewagen vorbei. Aus den Mäulern und Nasenlöchern der Pferde dampft es. Die hohen Gebäude, an denen wir eben vorbeigekommen sind, werden von niedrigeren Häusern mit kleinen Vorgärten abgelöst. Am hellblauen Himmel zieht eine Gruppe Wolken vorüber, eine Amsel flattert an uns vorbei und verschwindet schließlich in einem der Gärten.

»Riechst du das?«, fragt Raf und saugt die Luft mit einem kräftigen Schniefen ein.

»Der Frühling kommt.«

Ich mache es ihm nach. Atme demonstrativ tief ein und mit einem übertrieben langen Stöhnen wieder aus.

»Ahhhhhhh«, mache ich.

Raf grinst.

»Komm, wir müssen hier lang.«

Zur Rechten erkenne ich den Eingang zum Frederiksberg-Park wieder. Wir überqueren die Straße und folgen einem langen, breiten Weg, der von dünnen, nackten Bäumen gesäumt ist. Der Wind zerrt und rüttelt an den dürren Ästen. Beidseits des Weges liegen hohe Gebäude. Plötzlich sehe ich ein Flugzeug. Es kommt langsam über den Dächern zum Vorschein, zunächst wie ein undeutlicher blauschwarzer Schatten, der am blassen Himmel entlangschießt. Es hängt merkwürdig schief in der Luft, neigt sich erst zur einen, dann zur anderen Seite und zieht eine lange schwarze Rauchwolke hinter sich her. Jetzt hat Raf es auch entdeckt und wir beobachten wie versteinert das sich langsam nähernde Flugzeug. Es kann kaum mehr als fünfzig Meter entfernt sein.

»Es stürzt ab«, sagt Raf.

Seine Worte klingen merkwürdig abgeklärt. Ein paar Sekunden lang beobachten wir regungslos die große Maschine, die sich die ganze Zeit weiter nähert, und erst jetzt hören wir das Geräusch. Ein seltsam hustendes, prustendes Geräusch. Ansonsten ist nichts zu hören. Dann ist das Flugzeug direkt über uns und wir können es nun ganz deutlich erkennen. Die zwei Motoren. Einer unter jedem Flügel. Wir können das Cockpit sehen und die Silhouette des Piloten. Mehr ist nicht zu erkennen, bevor die Maschine wie in einer letzten Kraftanstrengung mit diesem langen Schweif aus schwarzem Rauch über unsere Köpfe hinwegfliegt. Dann verliert es plötzlich an Höhe, ein Flügel zerfetzt eine Baumkrone am Wegesrand. Frisst sich wie eine gigantische Motorsäge hindurch.

Raf dreht sich zu mir um.

»Lauf!«, ruft er.

»Wie?«, frage ich.

»Lauf!«

Wir hören den Krach, drehen uns jedoch nicht um. Rennen einfach, so schnell wir können. Erst als wir die Kreuzung erreicht haben und in eine schmalere Seitenstraße einbiegen, sehen wir die riesige dunkle Rauchwolke in den Himmel ragen. Enorme senkrechte Wirbel aus dichtem schwarzen Rauch.

»Hier lang!«, ruft Raf.

Wir steuern auf einen Kellerschacht zu, den ein Mann bereits hinabsteigt. Ich sehe gerade noch seinen Rücken, bevor er verschwunden ist. Raf stolpert auf dem Weg dorthin. Er kommt zuerst mit dem Knie auf dem Asphalt auf, wehrt den weiteren Fall mit dem Schienbein ab, erlangt das Gleichgewicht wieder und kommt blitzschnell auf die Beine. Es sieht heftig aus, dauert aber nur ein paar Sekunden und danach ist er die ganze Zeit ein paar Meter vor mir. Er sagt nichts, läuft bloß in Richtung Kellerschacht. Als er ihn erreicht hat, dreht er sich um und vergewissert sich, dass ich da bin. Wir sehen uns in die Augen, dann wendet er sich um und springt mit drei hastigen Sätzen die Treppe hinunter. Ich renne, so schnell ich kann, höre aber am Treppenabsatz plötzlich ein hektisches Aufheulen, das mich anhalten lässt. Sirenen. Das gleiche Geräusch wie gestern. Es durchschneidet die Luft und pflanzt sich in meinem Kopf fort. Zunächst langsam ansteigend, dann immer intensiver, bevor es abnimmt, um dann erneut anzusteigen. Im selben Augenblick kommt Raf aus dem Keller gestürzt und zerrt mich die Treppe hinunter.

»Verdammt, komm schon!«, ruft er, während er mich fest am Arm packt.

Da hören wir in einiger Entfernung einen Riesenkrach. Langes, dumpfes Dröhnen, in kurzen Abständen hintereinander. Es klingt wie gewaltige Kanonenschläge.

»Komm schon!«, ruft Raf.

Wir dringen in den Keller vor, der anfänglich noch vom Licht der offenen Tür erhellt ist, doch dann ist es mit einem Schlag vollkommen finster, als die Tür hinter uns zufällt. Ich konzentriere mich einzig darauf, Rafs Hand nicht loszulassen. Er zieht mich durch die Dunkelheit, mehrmals fallen wir beinahe hin, können uns jedoch auf den Beinen halten. Dann ist ein Licht zu sehen. Ein gelblicher Schein unterhalb einer Tür ein Stück entfernt. Die Tür wird geöffnet, ich kann einige Gestalten im Dunkeln ausmachen, die im Licht verschwinden, dann schließt sich die Tür wieder und alles ist düster.

»Wir sind da«, zischt Raf.

Er stößt die Tür mit der Schulter auf und ich folge ihm. Der Raum ist schmal und länglich und wird nur von einer kleinen Birne in der Ecke beleuchtet. Auf schmalen Bänken an der Wand sitzen Menschen, junge und alte, Männer und Frauen. Niemand sagt etwas. Die meisten starren nur in die Luft, und niemand hat aufgeschaut, als wir in den Raum gestürzt sind. Aufgrund der spärlichen Beleuchtung ist es schwer, jemand deutlich zu erkennen, doch an einer Wand sehe ich eine Frau, die unter einem dunklen Mantel ihr Kind an die Brust drückt. Neben ihr sitzt ein Mann im Morgenmantel mit verschränkten Armen und zittert vor Kälte. Die Luft im Raum ist trocken und kühl. In einer Ecke spielen ein paar Jungen auf dem Boden mit bunten Murmeln. Für sie scheint es ganz in Ordnung zu sein; sie sind völlig versunken in ihr Spiel.

»Hier«, sagt Raf und macht ein paar Plätze auf einer Bank ausfindig.

Ich setze mich neben ihn, lehne mich mit dem Rücken gegen die graue Betonwand und verschnaufe. Raf tut dasselbe. Wir verharren einige Sekunden in dieser Haltung. Noch immer hat niemand im Raum etwas gesagt, alle sitzen vollkommen still da. Das einzige Geräusch im Raum kommt von den kleinen Kugeln der Jungen, die dann und wann über den Kellerboden sausen. Raf krempelt ein Hosenbein hoch und begutachtet sein Knie. Er hat sich eine recht große Hautabschürfung zugezogen.

»Tut das weh?«, frage ich.

»Nicht der Rede wert«, murmelt er. »Das ist nur oberflächlich. Sag mal, hast du noch nie zuvor einen Luftalarm gehört? Mann, du darfst doch nicht stehen bleiben. Das kann lebensgefährlich sein.«

»Entschuldige«, sage ich. »Mops hat gesagt, dass bislang nie was passiert ist.«

»Was wir eben gesehen haben, sah ziemlich gefährlich aus, findest du nicht?«

Die Frau mit dem Kind unterbricht uns.

»Habt ihr gesehen, was oben passiert ist?«, fragt sie.

»Wir haben ein Flugzeug über der Frederiksberg Allé hereinkommen sehen«, erklärt Raf. »Eine Mosquito. Ich habe nicht gesehen, wo sie abgestürzt ist, aber dem Krach nach zu urteilen, kann es nicht weit weg sein.«

»Ach herrje!«, sagt sie.

»Horcht mal!«, sagt der Mann im Morgenmantel. Er zeigt zur Decke.

Alle im Raum lauschen. Zunächst ist mir unklar, wonach wir die Ohren spitzen, doch dann höre ich es plötzlich. Das Geräusch heulender Motoren, das immer näher kommt. Jetzt ist es genau über uns. Ich schaue Raf an, der zur Decke starrt. Dann ist es, als ob das Gebäude bersten würde. Ein gewaltiger Krach ertönt und einen Augenblick später wird die Tür hereingeschleudert und eine riesige Staubwolke ergießt sich in den Raum. Es kracht mehrmals hintereinander und bei jedem Mal erbebt das Gebäude. Auf einmal fällt mir das Atmen schwer. Die Staubwolke wird in dem kleinen Raum immer dichter, ich lege mich flach hin und drücke die Nase gegen den Boden. Raf bleibt einfach sitzen und guckt weiter zur Decke. Er hat seinen Pullover über die Nase gezogen und atmet durch ihn hindurch.

»Komm schon, Raf«, flüstere ich vom Boden aus, obwohl ich nicht weiß, warum ich leise spreche.

»Sie bombardieren uns«, sagt Raf bloß, ohne mich anzusehen. »Verdammt noch mal, sie bombardieren uns.«

Dann wird es still. Es ist nur noch das Heulen der Sirene in der Ferne zu hören.

»Vielleicht war's das«, sagt Raf, aber im selben Moment kommt das heulende Motorengeräusch zurück. Weiteres Krachen folgt, diesmal etwas leiser, als wäre es weiter weg. Dann wird es wieder still. Ich bleibe reglos liegen. Ich habe vollkommen das Zeitgefühl verloren und weiß nicht, wie lange ich schon auf dem Boden liege. Mein eines Bein ist eingeschlafen, doch ich traue mich nicht, mich zu rühren. Neben mir liegt die Frau mit dem Kind und hat es an sich gedrückt.

»Sch, sch, Liebes«, beruhigt sie das Kind, das unter dem Mantel der Mutter leise weint.

Die Jungen, die vorhin noch gespielt haben, kauern in einer Ecke und halten sich fest umklammert. Die Murmeln liegen über den ganzen Boden verstreut. Ich beginne in meinem Innern ganz langsam zu zählen. Eins, zwei, drei, vier, fünf, sechs, sieben, acht, neun, zehn. Als ich fünfmal hintereinander bis zehn gezählt habe, drehe ich mich vorsichtig zur Seite und schaue zu Raf, der als Einziger immer noch auf der Bank sitzt, Kleidung und Haar voll weißem Staub.

»Wir müssen hier raus«, murmelt er.

Zunächst scheint er es zu sich selbst zu sagen, seltsam abwesend, aber dann kommt er zu sich. Er sieht mich mit weit aufgerissenen Augen an.

»Wir müssen hier raus, Johannes. Sofort!«

Er steht auf, klopft den Staub von Hose und Mantel, so gut er kann. Dann wendet er sich ab und steuert auf die Tür zu.

»Kommst du mit?«, fragt er, ohne sich umzudrehen.

Ich komme auf die Beine und folge ihm, habe keine andere Wahl. Der Mann im Morgenmantel ruft uns irgendetwas hinterher, was ich nicht hören kann. Die Luft im Kellergang ist stauberfüllt und von einem blassen Licht erhellt.

»Mir nach!«, fordert mich Raf auf.

Wir gehen in Richtung des Lichts und erreichen eine Tür, die halb weggerissen ist. Raf geht nach draußen ins Licht und schaut vom Kellerschacht aus nach oben. Es wirkt, als würde er einen Moment zögern.

»Glaubst du, dass das eine gute Idee ist?«, frage ich. »Sollen wir nicht wieder zurückgehen?«

Da höre ich aus einiger Entfernung einen Schrei.

Dann noch einen. Und dann mehrere Schreie gleichzeitig.

Raf stürmt die Treppe hinauf. Plötzlich ist er weg. Ich drehe mich um und starre ins staubige Dunkel. Ich könnte mühelos umkehren. In die Sicherheit. Und genau in diesem Moment wird mir klar, warum Opa weinen musste, wenn er von den Bombern über Kopenhagen erzählte. Er musste an diesen Tag denken. Über diesen Tag konnte er nicht sprechen. Er versuchte es, schaffte es jedoch nicht. Wenn ich jetzt umkehre, bin ich ein Feigling. Ich muss ihm hinterher und sehen, was passiert ist.

Ich wende mich dem Licht zu und gelange mit vier schnellen Sätzen die Treppe hinauf und bin auf der Straße. So etwas habe ich noch nie gesehen. Das Gebäude auf der anderen Straßenseite ist halb eingestürzt. Als wäre eben gerade jemand mit einer Axt hindurchgefahren. Andernorts sieht es aus, als hätte es im Haus eine Explosion gegeben. Dort stehen nur noch die Außenmauern. Die Fensterscheiben sind hinfortgefegt worden, die weißen Rahmen sind weit geöffnet oder hängen schief an der Wand herunter und einige Wohnungen klaffen leer und offen zur Straße hin. In dem eingestürzten Gebäude brennt es an mehreren Stellen, zwischen den Mauerbrocken winden sich gewaltige orangefarbene Flammen und dichter, aufsteigender Rauch färbt den Himmel schwarz. Der Asphalt ist von Gesteinsbrocken, Büchern und zertrümmerten Möbeln übersät. Ein Sessel wurde in einen Baum geschleudert. Ein kaputter Esstisch liegt mitten auf dem Weg. Drei Personen rennen auf mich zu. Ein Mann, eine Frau und ein junges Mädchen. Das Mädchen scheint in meinem Alter zu sein und trägt ein schwarzes Kleid mit weißem Kragen, ihr blondes Haar flattert im Wind. Der Mann zieht es an der Hand hinter sich her. Der Blick des Mädchens ist vollkommen leer, als ob sie nichts sehen würde. Es starrt bloß in die Luft, während es an mir vorbeigezogen wird. Ich bin so nah an ihm dran, dass ich es fast berühren könnte, und ich kann hören, wie es nach Luft ringt. Als sie fort sind, renne ich zu Raf, der ein Stück die Straße hinunter dasteht. Kleine Papierfetzen liegen verstreut auf dem Weg. Auf einmal bemerke ich, dass die ganze Gegend mit Papier übersät ist, das der Wind kräftig umherwirbelt. Was zum Teufel geschieht hier? Wo kommt all das Papier her? Raf steht mit dem Rücken zu mir. Dann beugt er sich vor und hebt etwas vom Boden auf. Ich kann nicht erkennen, was es ist.

»Raf, was passiert hier?«, frage ich, als ich ihn erreiche.

»Mein Gott!«, sagt er. »Mein Gott!«

Ich sehe, dass er ein Schulheft in der zitternden Hand hält.

»Es ist die Französische Schule«, sagt er. »Sie haben die Französische Schule getroffen.«

22

Raf rennt los, ohne einen Ton zu sagen. Rennt einfach drauflos und ich folge ihm instinktiv. Ich weiß nicht, wieso, kann aber jetzt nicht anhalten. Er ist schnell, biegt um eine Ecke, doch ich bleibe ihm auf den Fersen. Wir erreichen wieder die große Straße, auf der wir über den Dächern das Flugzeug ankommen sahen. Weiter die Straße hinauf erhebt sich eine riesige Rauchwolke, schwarz und dicht. Tosend steigt sie immer höher in den Himmel, wo der Wind die Rauchsäule auseinanderwirbelt. Wir werden von zwei Männern überholt, und plötzlich stelle ich fest, dass wir nicht als Einzige rennen. Von mehreren Seiten rennen Männer in die gleiche Richtung wie wir. Überall auf dem Asphalt ist das Klacken von Schuhsohlen zu hören. In meinen Ohren saust es, mein Kopf pocht und mein Herz rast wie wild. Mir ist, als ob ich mich übergeben müsste. Da ertönt ein Schrei, gellend und dünn zugleich, der im Wind fast untergeht.

»Oh nein!«, sagt Raf.

Ein kleines Mädchen kommt auf uns zugelaufen.

Ich habe noch nie jemanden auf solche Weise schreien hören. Immer wieder und wieder. Sie trägt ein schwarzes Kleid mit weißem Kragen, so wie das Mädchen von vorhin. Doch dieses Mädchen ist deutlich jünger, ein Kind, ein kleines Kind. Im gleichen Alter wie Kaia und Kajsa. Ihr Haar ist weiß vor Staub und von ihrer Stirn rinnt ein dünner Streifen Blut herunter. Hinter ihr kommen weitere kleine Kinder. Weinende und schreiende Jungen und Mädchen. Ein kleiner Junge läuft orientierungslos zwischen den Beinen der Männer im Kreis umher. Schließlich setzt er sich auf den Bordstein und schaut nach oben. Sitzt bloß da und starrt vor sich hin.

Raf greift sich an den Kopf.

»Was sollen wir bloß tun?«

Ich schaue mich um. Um uns herum herrscht komplettes Chaos. Leute rennen hin und her; kleine Kinder irren weinend und verzweifelt herum und rufen nach ihren Eltern.

»Wir müssen weiter«, sagt Raf.

»Wie?«, frage ich. »Das können wir doch nicht machen!«

»Weiter. Zur Schule. Es müssen noch welche drinnen sein.«

Wieder wartet er nicht auf meine Reaktion, sondern läuft einfach drauflos, und wieder folge ich ihm. Wir rennen, so schnell wir können. Der Rauch wird rasch immer dichter. Als würde man sich im dichten Nebel oder in einem Sandsturm bewegen. Ich ringe nach Luft und meine Augen brennen. Dann taucht in der Wolke aus Staub und Rauch das große Gebäude auf, ragt in den dunkelgrauen Himmel. Der obere Teil ist von Rauch verhüllt, doch ab und zu bläst der Wind ein Loch frei und lässt an der Vorderseite der Schule ganz oben ein weißes Kreuz zum Vorschein kommen. Vor uns auf der Straße liegen überall Mauerbrocken, Papier und Bücher. Auf dem Gehweg vor einer hohen Mauer, die um die ganze Schule führt, steht eine ältere Frau in einem dunklen Kleid und fuchtelt mit den Armen herum. Als ich näher komme, erkenne ich, dass es eine Nonne ist; mit einer Hand umklammert sie fest eine Perlenkette.

»Hilfe!«, ruft sie mit heiserer Stimme.

Sie ruft derart leise, dass ich sie kaum hören kann.

»Helft uns!«, wiederholt sie.

Raf springt auf ein paar am Straßenrand liegende Mauerbrocken. Er verharrt einen Moment und schaut in Richtung Schule. Der hintere Teil ist eingestürzt. Wie es scheint, wurde auch die restliche Schule an verschiedenen Stellen getroffen, aber sie steht noch.

»Wie kommen wir da rein?«

Die Nonne hört Raf offenbar nicht, daher läuft er zu ihr. Fragt sie nochmals, wie man hineingelangt, doch sie antwortet nicht, ist nicht zu erreichen, sondern schüttelt bloß den Kopf.

»Helft uns«, wiederholt sie.

Raf sieht sich um.

»Wo zum Teufel bleiben die Sanitätswagen? Warum kommt keiner?«

Wir folgen der Mauer zum hinteren Gebäudeflügel. Auf dem Asphalt knirschen Glas und Schutt. Mir tränen die Augen und ich bekomme durch den Rauch schwer Luft. Jeder Atemzug verursacht im Hals ein quälendes Gefühl.

»Hier«, sagt Raf.

Wir biegen um die Ecke und laufen ein paar Männern hinterher, die auf die gleiche Idee gekommen zu sein scheinen wie wir. Einer von ihnen verschwindet in einem Kellerschacht und wir folgen ihm. Ich knicke auf ein paar losen Dachziegeln um, die mitten auf der schmalen Treppe liegen. Spüre, wie sich ein stechender Schmerz vom Knöchel aus über das ganze Bein ausbreitet. Ich schlucke kräftig, hüpfe die letzten drei Stufen des Kellerschachts hinunter und folge Raf ins Dunkel. Drinnen ist es vollkommen still. Raf steht mit den drei Männern im Kreis und lauscht.

»Hier entlang«, sagt plötzlich einer von ihnen.

Jener Mann hat offenkundig eine Taschenlampe dabei, da ich ein Klicken höre, woraufhin ein scharfer weißer Lichtstrahl ein Loch in die Dunkelheit schneidet. Dann gehen wir. Raf läuft mir voraus, doch ich kann nur seine Umrisse erkennen. Durch ein Fenster unterhalb der Decke sickert ein schwaches Licht, als wir etwas durchschreiten, das einer Küche ähnelt. Zumindest hängen Messer und Löffel an der Wand. Und auf einmal kann ich es hören. Zuerst glaube ich, mir das nur einzubilden, doch es wird mit jedem Schritt deutlicher. Kinderstimmen! Was sie sagen, lässt sich nicht hören, es ist eher wie ein schwaches Murmeln oder ein Gebet, das von irgendwo weiter drinnen im Gebäude kommt.

»Hallo!«, ruft einer der Männer.

»Wir sind auf dem Weg!«, schreit Raf.

»Hilfe!«, erschallt eine Stimme.

Und dann noch eine.

»Helft uns! Helft uns!«

Raf und die drei Männer spurten von dannen. Ich bin einen Augenblick lang unaufmerksam, und schon sind sie weg. Ich höre noch ihre Schritte, aber auch sie verschwinden dann. Ich bin jetzt ganz allein. Taste mich durch den Keller vorwärts bis zu einer offenen Tür, an der ich stehen bleibe und lausche. Doch wieder ist alles still und dunkel.

»Raf!«, rufe ich.

Nichts.

Ich trete durch die Tür und gelange im Dunkeln in einen großen, länglichen Raum. Auf dem Boden erkenne ich Schatten, die sich bewegen.

»Wir sind hier hinten«, sagt Raf gedämpft.

Ich mache einen Schritt und spüre, dass ich in Wasser trete. Ich knie nieder und taste den Boden ab. Überall ist Wasser. Ich erhebe mich wieder und gehe in der Dunkelheit vorwärts. Mit jedem Schritt steigt das Wasser und binnen kürzester Zeit reicht es mir bis zur Hälfte des Schienbeins. Als ich Raf erreiche, geht mir das Wasser bis zu den Knien.

»Wir müssen sie rausbringen«, sagt Raf.

Ich gucke mich im blassen, staubigen Schein der Taschenlampe um und sehe, dass der Raum voller kleiner Kinder ist, alle im Kindergartenalter, kleine Mädchen und Jungen. Die meisten von ihnen sind an einer Seite des Raums auf Tische geklettert, doch einige stehen bis zur Taille im Wasser. Ein paar Männer heben die Kinder hoch und tragen sie aus dem Keller.

»Nimmst du den hier?«, fragt Raf.

Er steht neben einem kleinen Jungen.

Ich gehe zu ihm. Die Arme des Jungen hängen zur Seite, er steht völlig regungslos da, obwohl das Wasser eiskalt ist. Raf beugt sich zu ihm hinunter.

»Wir helfen dir, Kleiner, du brauchst keine Angst zu haben, bald bist du in Sicherheit. Das hier ist Johannes. Er ist der netteste Junge, den ich kenne, er kümmert sich um dich. Wenn du dich an ihn hältst, passiert dir nichts, das verspreche ich dir. Einverstanden?«

Der Junge nickt. Ich beuge mich zu ihm hinunter und hebe ihn hoch, spüre, wie sich seine Arme um meinen Nacken schließen. Seine Finger sind nass und kalt.

»Halt dich fest«, sage ich.

Ich schaue mich um und gehe durch den Keller zurück. Der Junge ist schwer, bei jedem Schritt tut mir der Rücken weh. Meine Augen haben sich inzwischen an die Dunkelheit gewöhnt, doch sie tränen immer noch. Die Luft ist staubig und kratzt im Hals. Raf ist direkt hinter mir. Er trägt ein kleines Mädchen auf dem Rücken. Auf dem Rückweg kommen wir an mehreren Männern vorbei, die im Wasser durch den Keller angerannt kommen. Die Lichter ihrer Taschenlampen zeichnen ein Zickzackmuster in die Dunkelheit.

»Beeilt euch!«, ruft Raf. »Da sind noch mehr drin.«

Wir kommen nach draußen und gehen bis zur Straße, wo wir die zwei Kinder absetzen. Beide sind leichenblass und zittern vor Kälte, doch keines sagt einen Ton.

»Wartet hier«, sagt Raf. »Wir kommen gleich zurück.«

Wir laufen wieder zum Keller, begegnen dabei mehreren Männern mit einem Kind auf dem Arm oder Rücken. Weiter drinnen haben einige Männer eine Kette gebildet und werfen sich die Kinder gegenseitig zu, als wären es Stoffpuppen. Die Kinder landen schwerfällig in ihren Armen, bevor sie schnell weitergeworfen werden. Wir drängen durchs Wasser vorwärts.

Am Ende des Kellers können wir das Licht einer Taschenlampe erkennen.

»Wie viele noch?«, ruft Raf.

»Wir haben alle, aber kommt mal her!«, ruft ein Mann.

Als wir ihn erreichen, steht er regungslos im Wasser.

»Horcht!«, sagt er.

Stimmen. Kein Zweifel, nun kann ich es auch hören. Das gleiche leise Murmeln wie vorhin. Woher das wohl kommen mag?

Raf rückt ein paar Tische zur Seite und geht bis zum Ende des Kellers.

»Ich brauche etwas Licht«, sagt er.

Er dringt immer tiefer in die Dunkelheit vor, streckt die Hände aus. Tastet herum. Dann kehrt er zu uns zurück.

»Sie sind da drin«, sagt er. »Die Wand ist eingestürzt. Über diesen Weg kommen wir nicht rein, wir müssen außenrum, müssen uns aber beeilen, es brennt da drin.«

»Bist du dir sicher?«, erkundigt sich der Mann.

»Ziemlich sicher«, sagt Raf. »Kommt mit!«

Wir folgen ihm durch die Dunkelheit. Raf legt eine Hand auf die Mauerbrocken und wir tun dasselbe. Die Steine sind glühend heiß.

»Du hast recht«, sagt der Mann.

Wir waten durchs Wasser zurück. Der Mann mit der Taschenlampe geht voraus, der Lichtschein spiegelt sich auf der Wasseroberfläche. Ich schiebe mich durchs kalte Wasser vorwärts, das mir inzwischen bis zur Taille reicht. Was tue ich hier? Habe ich einen Schock? Bin ich tot? Doch ich bin nicht tot. Ich befinde mich tatsächlich hier, in diesem Augenblick, direkt neben Raf.

»Bist du in Ordnung?«

Ich spüre seine Hand auf meiner Schulter.

»Ich denke schon«, antworte ich.

»Ich habe das Gefühl, das ist erst der Anfang«, sagt er.

Er bleibt stehen und dreht sich zu mir um. Hinter ihm erhellt der Schein einer Taschenlampe die Dunkelheit. Das abwechselnd steigende und fallende Licht umgibt seinen nassen, zerzausten Kopf beinahe wie ein weicher Heiligenschein.

»Ach ja?«, frage ich.

»Ich weiß nicht. Aber es ist vollkommen in Ordnung, wenn du nicht mehr willst.«

Er sieht mir direkt in die Augen.

»Komm!«, sage ich. »Wir müssen hier weg.«

23

Als wir aus dem Keller ins Tageslicht treten, fällt direkt vom Dach der Schule ein Funkenregen nieder. Das Gebäude über uns brennt. Orangefarbene Flammen züngeln den gesamten Dachfirst entlang bis zum nächsten Gebäudeflügel. Wir rennen auf die Straße, wo wir die zwei Kinder zurückgelassen haben, doch sie sind nicht mehr da.

»Mist!«, ruft Raf. »Wo sind sie?«

Er blickt sich um.

»Kannst du sie irgendwo sehen, Johannes?«

Ich schaue in alle Richtungen, schüttle den Kopf. Die Straße ist allmählich schwarz vor lauter Menschen. Männer in Uniform und mit langen Mänteln, Nonnen und kleine Kinder in Schulkleidung. Sie rennen oder gehen umher und an einigen Stellen haben Pferdewagen oder große Pritschenwagen angehalten. Ich sehe, wie ein paar Männer kleine Kinder auf die Ladefläche eines Autos hieven, die beiden aus dem Keller kann ich darunter aber nicht ausmachen. Dann kommen zwei Männer mit einer Trage, in Uniform und mit glänzenden, runden Helmen. Sie kommen direkt an uns vorbei, gehen vorsichtig und konzentriert über die auf dem Asphalt verstreut liegenden Mauerbrocken, als könnte das, was sie transportieren, bei einer falschen Bewegung zu Boden fallen und kaputtgehen. Es tropft Wasser von der völlig durchnässten Trage. Da entdecke ich darauf ein Mädchen, eines ihrer Beine ist seltsam verdreht, quasi zur falschen Seite, und als sie ganz dicht bei mir sind, sehe ich, wie ein Schienbeinknochen aus dem Strumpf ragt. Sie hat eine Wange auf die Trage gepresst und starrt vor sich hin, den Mund weit geöffnet, aber sie schreit nicht. Bei jedem Atemzug hebt und senkt sich ihre Brust in kurzen, heftigen Stößen unter dem verstaubten schwarzen Kleid. Und schon sind sie in der großen Menschenmenge verschwunden, die sich auf der Straße versammelt hat. Wir hören lautes Knallen. Blitzschnell aufeinanderfolgend.

»Sie schießen«, sagt Raf.

Wir laufen zur Schule zurück, durchqueren ein Tor, das uns auf den Schulhof führt. Die Luft ist vor lauter Staub und Rauch trüb und grau.

»Wer schießt?«, rufe ich.

»Ich weiß nicht, vermutlich die Deutschen. Verrückte Schweine!«

Auf dem Schulhof bleiben wir hinter einer Mauer stehen und ringen nach Luft.

»Verdammt, was ist hier los, Raf?«, frage ich.

Er schüttelt den Kopf.

»Keine Ahnung, Johannes. Aber wir müssen die Kinder da rausholen. Ich habe sie gehört. Im Keller.«

Er sieht sich um.

»Dort«, sagt er und deutet in Richtung einer Gruppe von Männern, die sich durch einen Berg von Gesteinsbrocken graben.

Wir rennen dorthin und fangen an, an den Mauerbrocken zu reißen.

»Schneller, schneller!«, ruft einer der Männer.

Jedes Mal, wenn sich ein Stein löst, kullert er uns entgegen, und ich muss mehrfach zur Seite springen, um nicht getroffen zu werden.

»Verdammt! Das hilft nicht die Spur«, flucht einer der Männer.

»Macht weiter! Ich kann sie hören!«, ruft ein anderer.

Wir zerren und schieben an dem Steinhaufen. Meine Hände tun weh, einige Steine sind glühend heiß, doch ich höre nicht auf, packe mit allen fünf Fingern einen Mauerbrocken, spüre einen stechenden Schmerz in der Handfläche und reiße mit einer kräftigen Bewegung den Stein von den anderen los.

»Wir sind fast da«, ruft ein Mann weiter vorne.

Er ist hinter den Schutthaufen gekrochen, sodass ich nur noch die Spitze seines Hutes sehen kann.

»Gib mir den Hammer.«

Einer der anderen Männer kriecht zu ihm hin und reicht ihm einen großen schwarzen Hammer und etwas, das wie ein Eisenspeer aussieht. Er setzt ihn an der Mauer an und haut drauflos.

»Komm schon, zur Hölle!«

Das harte, kalte Geräusch des Eisens, das die Mauer trifft, hallt im ganzen Schulhof wider, aber schließlich durchbricht es etwas. Ich höre das Bersten von Steinen. Dann ist es ruhig. Einen Moment glaube ich, der Mann sei verschwunden, doch dann taucht er wieder auf. Er hält etwas in den Armen. Ein kleines Kind, dessen Arme und Beine schlaff herunterhängen. Ein schwarzes Kleid. Ein weißer Kragen. Er übergibt das Kind einem anderen Mann. Dann verschwindet er wieder im Gebäude. Das Kind wandert über die Trümmer hinweg von Arm zu Arm, bis es Raf erreicht. Ich stehe direkt hinter ihm, doch anstatt das Kind an mich weiterzureichen, dreht er sich rasch um und rennt an mir vorbei zu einem anderen Mann, der es entgegennimmt und weiter über den Schulhof trägt. Dann ist Raf wieder da.

»Was ist los?«, frage ich.

Ich bemühe mich um Blickkontakt zu ihm, aber er weicht mir aus.

»Was ist los, Raf?«

Dann sieht er mich an. Sein Blick ist sonderbar fern. Alle Mimik ist aus seinem Gesicht verschwunden.

»Bleib hier!«, befiehlt er.

»Wie?«, frage ich.

»Du darfst mir nicht folgen, hörst du?«

Ich gucke in sein regloses, bleiches Gesicht. Er wirkt auf einmal nicht wie er selbst.

»Hörst du, was ich sage?«

Jetzt brüllt er.

»Ich will nicht, dass du mitkommst, Johannes. Bleib einfach hier!«

»Ja, ja«, erwidere ich. »Ich bleibe hier.«

»Gut«, sagt er. »Ich bin gleich zurück.« Dann klettert er über die Trümmer und verschwindet durch das Loch ins Gebäude.

Mein ganzer Körper zittert. Ich betrachte meine Hände. Sie sind geschwollen und rot. Ich schließe und öffne eine Hand. Es brennt.

»Passt auf!«, sagt einer der Männer weiter vorne. »Hier kommt noch eins. Seid ihr bereit?«

Ich kann nicht erkennen, wer oder was herausgetragen wird, denn im selben Moment taucht Raf wieder auf. Er kommt über die Mauerbrocken angerannt, der Blick völlig wild, das Weiße der Augen quillt hervor, und als er mich erreicht, packt er mich fest am Arm und zieht mich fort.

»Du musst hier weg«, befiehlt er. »Sofort!«

»Wieso?«, frage ich. Meine Stimme zittert, was ich nicht länger verbergen kann.

»Du darfst das nicht sehen«, sagt er. »Johannes, glaub mir einfach.«

»Aber was soll ich stattdessen tun? Raf, was soll ich tun?«

»Lauf rüber zum Theater. Ich habe gehört, wie ein paar der anderen darüber gesprochen haben. Sie brauchen dort Unterstützung. Aber hier darfst du nicht bleiben. Nicht jetzt.«

»Aber Raf, wo ist das Theater, wie komme ich dahin?«

Nun weine ich. Tränen quellen aus meinen Augen und laufen die Wangen hinunter.

»Es liegt direkt auf der anderen Straßenseite. Du wirst es schon finden. Beruhig dich, bald ist es vorbei. Aber ich muss jetzt gehen, Johannes.«

Er dreht sich um und läuft zurück.

»Raf!«, rufe ich ihm hinterher.

Er hält an und dreht sich um.

»Wie finde ich dich wieder?«

»Zerbrich dir darüber nicht den Kopf. Ich finde dich schon.«

Er wendet sich ab, macht ein paar schnelle Sätze über die Mauerbrocken, als ob er fliegen würde, und dann ist er weg.

Ich kann immer noch nicht fassen, was gerade geschehen ist. Ich wanke ein paar Schritte rückwärts, es tost und prasselt überall um mich herum. Mein Kopf kocht und ich bekomme keine Luft. Ich stolpere beinahe, kann mich aber im letzten Moment an einer Mauer abstützen. Ringe nach Luft, während ich über den Schulhof blicke. Zwischen den Trümmern schlängeln sich große, dunkle Feuerwehrschläuche kreuz und quer über den Hof. Sämtliche Gebäudeteile der Schule stehen in Flammen. Vom Dach schießt ein Flammenmeer empor und der Himmel über der Schule ist glühend rot. Ich hole die R.A.F.-Mütze aus der Tasche und halte sie vors Gesicht, atme durch den weichen Stoff. Das hilft ein wenig. Meine Augen brennen. Mit einem Jackenärmel reibe ich mir die Augen, doch das verstärkt den Schmerz nur noch. Das Kind, das Raf herausgetragen hat, war tot. Das bedeutete vermutlich, dass im Gebäude weitere tote Kinder waren. Wie viele es wohl sein mochten? Was Raf da drinnen wohl gesehen hat? An mir rennen die ganze Zeit Männer vorbei. Die meisten von ihnen mit Helm oder Uniform, doch ein paar scheinen in Zivil zu sein. Alle von ihnen sind erwachsen. Älter als Raf und ich. Vielleicht hatte er recht. Vielleicht ist es besser, nicht mehr zu sehen.

»Was machst du hier, Junge?«

Ich bekomme einen Schock und sehe den Mann an, der wie aus dem Nichts vor mir steht. Er ist nicht sonderlich groß, nur ein wenig größer als ich.

»Wie?«, frage ich.

Er trägt lange schwarze Stiefel, die ihm bis unters Knie reichen. Eine schwarze Uniform mit quer verlaufendem Lederriemen und einer Pistole am Gürtel. Ob er Soldat ist?

»Zieh Leine! Hörst du? Verschwinde!«

Er lispelt ein bisschen. Irgendwie hat er etwas Komisches, doch auch etwas Unheimliches. Irgendetwas an seinem Blick. Der ist matt, der Mann sieht mich direkt an, aber es ist, als ob er mich nicht sähe.

»Entschuldigung«, sage ich.

Ich senke schnell den Blick, mache einen Schritt an ihm vorbei und gehe weiter in Richtung Schulhof. Ich traue mich nicht, mich umzudrehen, sondern gehe einfach, den Blick weiter zu Boden gerichtet. Ich muss bloß fort von hier. Ich höre einen Schrei, sehe aber nicht auf. Höre das tosende Feuer, den kräftigen Wind, höre einige Männer rufen, blende alles aus und zähle immer wieder bis zehn, setze einen Fuß vor den anderen. Eins, zwei, drei, vier, fünf, sechs, sieben, acht, neun, zehn. Und noch mal. Eins, zwei, drei, vier, fünf, sechs, sieben, acht, neun, zehn. Konzentriere mich nur darauf, nicht hinzufallen. Steige über einen Feuerwehrschlauch, der sich unter mir wie ein grau-schwarzes Tier windet. Auf einmal höre ich Geschrei. Eine Gruppe Männer mit länglichen, pferdekopfartigen Gasmasken kommt angerannt, sie wirken wie Wesen von einem anderen Stern. Sie sehen mich nicht oder es interessiert sie nicht, daher muss ich zur Seite springen, um nicht umgerannt zu werden. Da entdecke ich ein aufgebrochenes Tor, durch das ich die Reihe von nackten Bäumen entlang der Straße erblicke. Endlich! Ich atme hastig und angestrengt. Rafs Mütze, die ich immer noch vor den Mund halte, ist feucht vom Speichel. Der Wollstoff riecht süßlich und warm. Dann bin ich draußen. Zu Hunderten sind die Menschen auf der Straße zusammengeströmt. Einige laufen verwirrt umher, andere starren nur mit leerem, entsetztem Blick auf die brennende Schule, andere weinen, keifen oder laufen herum und erteilen Befehle, eine Frau schreit, zwei Männer reden miteinander, einer von ihnen hat die Hände in den Hosentaschen. Ich drehe mich zur Schule um. Riesige Flammen wälzen sich aus den leeren Fensteröffnungen und schießen die Wand weiter hinauf. Wieder sind Schüsse zu hören. Es klingt, als ob sie weiter weg wären. Trotzdem werfe ich mich zu Boden. Über mir nehme ich einen Schatten wahr.

»Was tust du da? Mach, dass du fortkommst.«

Ich hebe das Gesicht. Erkenne ein Paar glänzende schwarze Stiefel, ähnlich denen des Mannes von vorhin. Ich blicke nach oben und sehe die schwarze Uniform, die Pistole am Gürtel. Doch es ist nicht derselbe Mann. Dieser hier ist größer und breiter.

»Entschuldigung«, sage ich.

Ich stehe auf und gehe los.

»Wie sieht es drinnen aus?«

Ich drehe mich um.

»Wie?«

Der Uniformierte nickt in Richtung Schule.

»Gibt es viele Tote?«

Er sagt das ohne jegliches Gefühl in der Stimme, während er die Schlaufe des Gürtels richtet, der seinen Bauch umspannt.

»Ich weiß nicht«, antworte ich.

»Das wird schon so sein. Da kommt keiner lebend raus.«

Er betrachtet die brennende Schule. Er steht bloß da und guckt, und nachdem er sich nach einer gewissen Zeit nicht umgedreht hat, gehe ich weiter. Nach ein paar Metern bleibe ich stehen und schaue in seine Richtung. Er betrachtet immer noch die brennende Schule. Pfui, wie unangenehm der war! Da läuft mir eine Frau entgegen, direkt an mir vorbei in Richtung Schule, doch als sie auf der Höhe des Mannes ist, hält er sie fest. Zunächst glaube ich, sie kennen sich, doch dann sehe ich, dass sie sich loszureißen versucht.

»Lass mich los!«, schreit sie.

»Auf keinen Fall!«

»Meine Tochter. Meine Tochter ist da drin. Lass mich los, du Hipo-Schwein!«

Sie reißt sich los und versucht, an ihm vorbeizukommen, aber er stellt sich ihr in den Weg.

»Ich kann Sie nicht durchlassen. Gehen Sie zum Diakonissenstift oder ins Krankenhaus von Frederiksberg. Das raten wir allen.«

Die Frau wankt ein paar Schritte rückwärts, fällt dann auf die Knie und vergräbt ihr Gesicht in den Händen. Sie schluchzt und zittert am ganzen Körper.

Er geht zu ihr.

»Ich bitte dich, verlass das Gelände«, fordert er sie auf.

Sie antwortet nicht. Aber allmählich hört sie auf zu weinen, steht auf und stellt sich direkt vor ihn hin.

»Ich begreife nicht, wie ihr euch noch selbst im Spiegel anschauen könnt«, sagt sie.

»Mach dir darum mal keine Sorgen, aber red doch mit dem Jungen dort. Er kam vom Schulhof. Vielleicht hat er deine Tochter gesehen.«

Er deutet in meine Richtung, woraufhin sich die Frau zu mir umdreht und mich ansieht. Ich schlage rasch den Blick nieder, doch zwecklos.

»Bist du drinnen gewesen? In der Schule?«

Ich nicke.

Sie nähert sich, ganz langsam und konzentriert.

»Hast du meine Tochter gesehen? Sie geht in den Kindergarten. Sie ist erst fünf Jahre alt.«

»Wie sieht sie aus?«, erkundige ich mich.

»Mein Gott«, sagt sie und muss erneut weinen.

Der Mann tritt an unsere Seite.

»Ich sage es nicht noch mal. Ihr müsst hier weg.«

Die Frau richtet sich schniefend auf und nimmt mich an die Hand.

»Komm!«, sagt sie.

Dann gehen wir, sie hält meine Hand fest umschlossen. Es schmerzt beinahe, so fest drückt sie zu.

»Wie heißt deine Tochter?«, frage ich.

»Ingrid«, sagt sie.

Ich nicke bloß, da ich nicht weiß, was ich sonst sagen soll. Dann fällt mir ein, was mir Raf gesagt hat.

»Weißt du, wo das Theater ist?«

»Wie bitte?«

Sie sieht mich überrascht an, die Augen rot unterlaufen.

»Ich habe gehört, dass sie dort Hilfe brauchen. Im Theater. Aber ich weiß nicht, wo es ist.«

»Es ist da drüben«, sagt sie.

Sie deutet geradeaus.

»Gleich dort«, fährt sie fort und zeigt auf ein niedriges weißes Gebäude auf der anderen Straßenseite. *Allé-Scenen*, steht in großen Lettern über dem Eingang.

»Komm!«, sage ich und ziehe sie hinter mir her.

Sie drückt meine Hand, dürfte doppelt so alt sein wie ich, auch wenn ich sie überrage. Als wir den Eingang erreichen, geht im selben Moment die Tür auf und ein Mann in einem grauen Anzug kommt heraus. Er sieht vollkommen verwirrt aus. Er macht einen Schritt zur Seite, entscheidet sich um und bewegt seinen Körper zur anderen Seite, um anschließend zu verharren. Sein Gesicht ist weiß, als ob in ihm kein Tropfen Blut mehr wäre. Er schwankt einen Augenblick. Schaut mich direkt an. Jetzt erinnere ich mich, wo ich ihn schon mal gesehen habe. Er hat mich heute Morgen auf dem Fahrrad überholt.

»Mein Sohn ist tot«, sagt er. »Mein Sohn ist tot.«

Dann wankt er an uns vorbei und verschwindet die Straße hinab in dem Nebel aus Menschen, Staub und Chaos.

24

Die Frau stützt sich an mir ab und presst meine Hand zusammen, als wir das kleine Theaterfoyer betreten. Überall ist leises Jammern zu hören, es riecht nach Staub und Brand, und das Erste, was ich sehe, sind all die in graue Decken gehüllten Kinder, die an den Wänden ringsum liegen oder sitzen. Sie leben, doch viele von ihnen sind verwundet. Eines hat eine Schlinge um den Arm. Der Pony eines anderen ist blutverschmiert. Überall wachen Männer und Frauen bei den Kindern. Ein kleines Mädchen weint leise. Zwischen den Verletzten laufen Nonnen bedächtig umher, reden mit den Kindern und reichen ihnen etwas zu trinken und zu essen.

»Wo ist meine Ingrid?«, flüstert die Frau.

Zusammen gehen wir schweigend von Kind zu Kind. Sie lässt zu keiner Zeit meine Hand los.

»Mein Gott«, sagt sie ununterbrochen. »Mein Gott.«

Wir umrunden zweimal das Foyer, aber ihre Tochter ist nicht da. Sie schüttelt den Kopf. Eine Nonne kommt auf uns zu und nimmt ihre Hand.

»Ihr könnt gerne im Saal Platz nehmen«, sagt sie.

Wir machen, was sie vorschlägt, verlassen das Foyer und gehen in den Zuschauerraum. Die Lampen sind eingeschaltet und beleuchten die dunkelroten Sitze. In der Mitte sind Plätze frei, während am Rand Männer und Frauen sitzen und zur leeren Bühne schauen. Wir machen am Ende des Saals einen Platz ausfindig. Erst beim Hinsetzen spüre ich das Zittern in meinen Beinen. Ich lasse mich in den weichen, bequemen Sitz sinken. Neben uns sitzen ein Mann und eine Frau, einander festhaltend, mit einem kleinen Jungen auf dem Schoß der Frau. Um mich herum höre ich leises Weinen. Niemand spricht miteinander. Eine andere Frau verbirgt ihr Gesicht in der Jacke ihres Mannes. Er hat den Arm um sie gelegt. Mir wird bewusst, dass alle im Raum die Eltern von Kindern der Schule sind. Eine Nonne betritt die Bühne, einen kleinen Zettel in der Hand. Sie liest zwei Namen vor, den eines Jungen und den eines Mädchens. Jemand im Saal stößt einen unterdrückten Schrei aus, in der vordersten Reihe erhebt sich ein Elternpaar und folgt der Nonne. So geht das eine Weile weiter. Die Nonne betritt in regelmäßigen Abständen die Bühne und liest weitere Namen vor. Gelegentlich folgt dem Aufruf eine nachhallende Stille. Andere Male ein Seufzen, Schreien oder Weinen. Die ganze Zeit verlassen Mütter und Väter den Raum und andere kommen hinzu. Neben mir wendet sich der Junge auf dem Schoß der Mutter seinen Eltern zu.

»Wird meine kleine Schwester zu einem Engel im Himmel, wenn sie stirbt?«, fragt er.

Keiner der beiden antwortet. Die Mutter drückt ihn bloß noch fester an sich. Dann betritt die Nonne wieder die Bühne. Ihre schwarze Tracht ist vor lauter Staub beinahe weiß und der Schleier um ihren Kopf halb heruntergerissen. Sie zählt wieder einige Namen auf, worauf die Frau an meiner Seite plötzlich meine Hand loslässt. Ich erschrecke. Sie springt vom Sitz auf und läuft zur Bühne.

»Lebt sie? Sagen Sie. Lebt sie?«

»Sicher«, beruhigt die Nonne sie. »Sie ist noch nicht bei Bewusstsein, befindet sich aber im Krankenhaus von Frederiksberg.«

»Mein Gott, mein Gott.«

Die Frau sinkt vor den Füßen der Nonne auf die Knie. Ich stehe auf und gehe zu ihr. Sie dreht sich um und guckt mich an.

»Danke«, sagt sie.

Sie erhebt sich und legt mir eine Hand auf die Schulter. Gibt mir einen Kuss auf die Stirn. Und dann geht sie. Ich sehe, wie sie das Theater verlässt, und kehre auf meinen Platz zurück, aber es fühlt sich komisch an, tatenlos dazusitzen. Ich stehe auf, laufe ins Foyer zurück und suche nach der Frau. Vielleicht kann ich ihr weiterhin behilflich sein und sie zum Krankenhaus begleiten. Doch sie ist bereits fort. Ich laufe auf die Straße, schaue in alle Richtungen, kann sie aber nirgendwo erblicken. Da höre ich einen Riesenlärm. Raf! Ich muss Raf finden. Ich renne wieder zur Schule hinüber. Schlängle mich durch die dichte Menschenmenge auf der Straße. Hinter der Schulmauer sehe ich eine Staubwolke, die sich in Richtung Straße wälzt.

Sie wächst wie eine riesige weiße Blume immer weiter empor, bis sie schließlich fast den kompletten Schulhof ausfüllt.

»Raf!«, rufe ich.

Ich setze an, wieder in die Schule zu rennen, als ich plötzlich von einem Paar Hände gebremst werde, die mich festhalten und zu Boden zwingen. Unter meiner Brust spüre ich den kühlen Asphalt.

»Bist du komplett verrückt?«, höre ich eine Stimme über mir.

»Lass mich!«, rufe ich und versuche, mich loszureißen.

»Du stirbst, wenn du da reingehst.«

Ich winde mich auf der Erde, trete und schlage, doch der Mann über mir ist zu stark. Er hat meine Arme gepackt, sodass ich nichts mehr ausrichten kann. Einige Sekunden bleibe ich regungslos liegen, konzentriere mich nur aufs Atmen, der Staub kratzt im Hals. Die Mütze befindet sich in meiner Tasche, an die ich aber in meiner jetzigen Position nicht herankomme. Plötzlich fällt mir das Atemholen schwer.

»Luft«, röchle ich.

Der Mann löst umgehend seinen Griff und ich drehe mich auf den Rücken. Jetzt kann ich sehen, wer mich nach unten gedrückt hat. Höchstwahrscheinlich ein Feuerwehrmann. Er trägt eine dunkle Uniform, einen glänzenden schwarzen Helm und hat eine Axt am Gürtel.

»Mein Freund ist da drin«, sage ich.

»Das kann sein, aber es ist zu gefährlich, da jetzt reinzugehen. Die Schule stürzt ein.«

»Ist etwas passiert?«, frage ich. »Er wollte nur rein und helfen.«

»Ich bin sicher, dass es deinem Freund gut geht. Wie heißt er?«

»Raf.«

Der Feuerwehrmann sieht mich verwundert an.

»Und das ist sein richtiger Name?«

»Nein, aber so wird er genannt.«

»Verstanden«, antwortet der Feuerwehrmann und sieht mich völlig ruhig an.

»Ich werde mich bei meinen Kollegen umhören. Aber du musst mir versprechen, nicht noch mal zu versuchen, hineinzulaufen?«

Ich nicke.

Er streckt mir eine Hand entgegen, ich nehme sie und komme auf die Beine. Ich schaue zur Schule hinüber, wo sich die Staubwolke gelegt hat. Hinter dem Rauch kann ich Gestalten und dunkle Schatten erahnen. Silhouetten von Menschen, die aus den Trümmern kommen. Ich sehe zwei mit einer Trage. Als sie sich nähern, erkenne ich die Person darauf wieder. Es ist der Mann von vorhin. Der mir sagte, ich solle verschwinden. Seine Augen starren mich leblos an. Die Trage ist voller Blut und nun erkenne ich den Grund dafür. Sein Hinterkopf ist zertrümmert. Dann ertönt wieder ein Krachen. Ich höre Rufe.

»Sie stürzt ein! Sie stürzt ein!«

Erneut steigt eine Staubwolke im Schulhof auf und hüllt alles in einen weißen Nebel.

»Bleib hier!«, befiehlt der Feuerwehrmann, rennt zur Schule und verschwindet in der Rauchwolke.

Ich bleibe allein zurück. Um mich herum ist es vollkommen still. Alles ist von Rauch und Staub umgeben, doch es ist kein einziger Laut zu hören. Alles wird still und ich spüre eine seltsame Ruhe in mir aufsteigen. Ich hebe den Kopf und starre in die Sonne, die durch ein Loch in der Wolkendecke dringt. Ich muss Raf finden. Das ist das Einzige, was zählt. Ich muss Raf finden. Ohne darüber nachzudenken, laufe ich direkt in die weiße Staubwolke hinein, ziehe die Mütze aus der Tasche, knautsche sie zusammen und halte sie vor meine Nase. Ich springe über die Trümmerreste, denke nicht, laufe einfach. Weiter, immer weiter. Wo bist du, Raf? Wo bist du? Sprich mit mir, Raf! Ich wiederhole die Worte immer wieder, wie ein Mantra, während ich weiter auf den Schulhof vordringe. Sprich mit mir, Raf, sprich mit mir! Ich kann die Wärme der Flammen spüren, sehe aber nichts, alles ist grau und weiß. Ich rufe, so laut ich kann. Schreie mir die Lunge aus dem Hals.

»Raf!!!«

Ich sehe mich um. Ich sehe verschiedene Schatten, die im Nebel umherlaufen.

»Raf!!!«

Nichts. Wo zum Teufel steckt er?

»Raaaaaf!«

Ich höre ein Krachen und sehe einen brennenden Balken, der wie aus dem Nichts ein paar Meter von mir entfernt auf dem Boden landet. Ich springe darüber hinweg, schaue mich um, aber alles ist Nebel. Ich bleibe stehen. Lausche. Komm schon, Raf! Wo bist du? Da höre ich eine Stimme. Zuerst glaube ich es nicht. Dort! Ein Schatten. Aus dem Weißen humpelt eine Gestalt.

»Johannes!«

»Raf!«

Ich laufe auf ihn zu.

»Ich kann nichts sehen. Hilf mir, Johannes!«

Er hält eine Hand vor seine Augen. Sein Kopf ist schwarz, das Haar steif und weiß vom Staub, er hat nur noch seinen dunklen Pullover an, muss seine Jacke wegen der Wärme weggeschmissen haben. Dann sehe ich seine Hände und Arme. Sie sind blutüberströmt.

»Raf, deine Hände«, sage ich.

»Darum geht's jetzt nicht.«

Mir ist zum Weinen.

»Wir müssen hier raus«, sage ich.

»Ich kann nicht mehr«, sagt er.

Er wankt ein paar Schritte rückwärts, aber mir gelingt es, ihn zu packen. Ich schaue mich um. Die Luft ist von Staub und Rauch erfüllt. Ich weiß nicht, wie wir hinauskommen können, aber er vertraut mir. Raf vertraut mir.

»Okay«, sage ich. »Halt dich fest.«

Ich reiche ihm eine Hand und er ergreift sie.

»Schau nach unten«, fordere ich ihn auf. »Konzentrier dich darauf, dich auf den Beinen zu halten. Wir schaffen das.«

Dann gehen wir los. Ich halte Rafs Hand, so fest ich kann. Ich werde ihn jetzt nicht loslassen. Ich bin bei ihm. Ich werde ihn nicht loslassen. Wir treten über Gesteinsbrocken, Glasscherben und herabgestürzte Balken und mit jedem Schritt kommt die Welt um uns herum etwas mehr zum Vorschein. Da ist das Tor, dort sind die Bäume und dann sind wir auf einmal draußen. Doch diesmal drehe ich mich nicht um. Ich weiß, dass die Schule brennt. Ich weiß, dass es vorbei ist. Daher laufe ich einfach weiter. Ziehe Raf hinter mir her, halte seine Hand fest. Wir gehen an der Mauer entlang, weg von der Schule, von den Flammen, und allmählich klart es auf, der Rauch verschwindet. Wir erreichen die Straße und vor uns öffnet sich die Allee, an der zu beiden Seiten die lange Reihe mit den dürren Bäumen steht.

»Wir sind gleich zu Hause«, beruhige ich ihn.

Wir biegen um eine Ecke und kommen an kleinen Gärten vorbei. Die Sonne scheint und schimmert auf den grünen Blättern. Der Himmel ist hellblau. Als hätte jemand oder etwas mit einer Handbewegung den Himmel von allen Wolken befreit. Der Frühling liegt in der Luft, die Vögel zwitschern und kleine weiße Blumenblätter wirbeln durch die Luft. Niemand sonst ist auf der Straße. Kein Mensch, kein Auto. Wir sind völlig allein auf der Welt.

»Leben wir oder sind wir tot?«, fragt Raf.

»Wir leben«, antworte ich.

Ich betrachte ihn, er zieht sein linkes Bein nach. Die graue Hose ist am Knie zerrissen und hängt wie ein Hautfetzen herunter.

»Was ist da drin passiert, Raf?«

Er schüttelt den Kopf.

»Ich weiß nicht, was ich sagen soll, Johannes. Es war die Hölle.«

Er bleibt stehen und sieht mich an. Seine Augenlider sind geschwollen und rot, und nur ein winziger Spalt lässt erahnen, dass irgendwo dort drinnen sein Blick ist. Er schüttelt den Kopf. Wischt sich eine Träne von der Wange.

»Danke, dass du mir nachgekommen bist.«

Auf der Straße braust ein Krankenwagen vorbei. Eine weiße Fahne flattert auf seinem Dach im Wind. Er fährt in Richtung Kreuzung und verschwindet um die Ecke. Dann sind wir wieder allein. Ich schaue Raf an.

»Jetzt sind wir zu Hause«, sage ich.

Er sieht nicht auf. Folgt mir einfach über die Straße. Endlich stehen wir vor dem Hauseingang. Über uns scheint die Sonne. Zwischen den Häusern zieht eine Schwalbe am Himmel ihre Kreise. Unsere Fahrräder lehnen an der roten Hauswand, genau dort, wo wir sie vor zwei Tagen abgestellt haben. Kein einziger Laut ist zu hören. Auf einmal geht die Haustür auf und ein kleines Mädchen tritt heraus. Es ist das Mädchen aus dem Hof, Ulriks kleine Schwester. Sie sieht Raf mit großen, erschrockenen Augen an. Er senkt den Kopf und reibt sich die Augen. Anschließend richtet er sich auf und sieht mich an.

»Willst du mit raufkommen?«, erkundigt er sich.

Ich schüttle den Kopf.

»Ich kann nicht«, sage ich.

Er nickt.

»Ich muss jetzt nach Hause.«

»Das verstehe ich gut«, sagt er.

Er geht hinein, doch als er bereits halb drinnen ist, fällt mir etwas ein.

»Raf!«

Er bleibt stehen und dreht sich um.

»Ich bin bei dir. Selbst wenn ich nicht da bin, bin ich bei dir. Immer.«

Er verharrt einen Moment vollkommen ruhig im Dunkeln des Treppenhauses. Eine Wolke schiebt sich vor die Sonne und lässt einen Schatten auf sein Gesicht fallen. Trotzdem glaube ich, dass er lächelt. Dann dreht er sich um und verschwindet im Dunkeln. Ich kann seine schweren Schritte den ganzen Weg die Treppe hinauf hören. Ich bleibe stehen, bis ich die Wohnungstür zufallen höre.

Ich gehe zum Fahrrad, packe den Lenker, doch gerade als ich mich auf den Weg machen möchte, bemerke ich Ulriks kleine Schwester. Sie steht auf dem Gehweg und betrachtet mich. Sie ähnelt tatsächlich Kaia. Beide haben die gleichen Augen.

»Ich werde schon auf ihn aufpassen«, sagt sie. »Das verspreche ich dir.«

Darauf hüpft sie mit drei Schritten zum Haus, verschwindet im Aufgang und lässt die Tür hinter sich ins Schloss fallen.

»Das weiß ich doch«, sage ich zu mir selbst.

TEIL 5

TAKE IT EASY,
BOY BOY!

25

Ich habe keine Ahnung, welchen Weg ich nehmen soll. Fahre einfach drauflos. So schnell ich kann. Das Fahrrad klappert und scheppert, es ist wirklich ziemlich alter Mist. Jeder kleinste Hubbel erzeugt einen Stoß, der sich bis in meine Schultern fortpflanzt. Ich versuche, mich an den Tag zu erinnern, an dem ich Raf begegnet bin. Wie sind wir in die Stadt gekommen? Welchen Weg haben wir genommen? Plötzlich waren wir einfach da. Alles ging so schnell. Ich wäre beinahe überfahren worden. »Willkommen in Kopenhagen«, hat Raf gesagt. Ich verstehe überhaupt nichts und doch ergibt nun alles irgendwie einen Sinn. Aber jetzt will ich nach Hause. Ich muss bloß den Weg finden. Ich flitze über eine Kreuzung, schaue eilig nach rechts und links, sehe die leeren Straßen, die langen Häuserzeilen, ein paar parkende Autos, einen einsamen Fahrradfahrer. Er ist weit weg, sodass ich unmöglich erkennen kann, ob es eine Frau oder ein Mann ist. Aber es ist ein Mensch. Ich winke. Und die Person auf dem Rad winkt zurück. Das verleiht mir plötzlich einen Energieschub, und auf der anderen Seite der Kreuzung trete ich besonders fest in die Pedale, beuge den Kopf vor, so weit ich kann, schieße in hohem Tempo den Weg entlang. Ich lasse den Blick gesenkt, konzentriere mich ausschließlich darauf, in die großen, schweren Pedalen zu treten, doch mit jedem Tritt wird das Fahren leichter. Ich werde immer schneller. Unter mir huscht der Asphalt vorbei. Undeutlich und grau. Ich spüre den kühlen Wind im Haar. Dann hebe ich den Kopf und reiße meine Augen weit auf. Lasse den Wind den Staub fortblasen. Ich muss lachen. Ich weiß nicht, wieso, aber ich kann überhaupt nicht mehr aufhören. Mir tränen die Augen. Ein Tropfen löst sich und gleitet meine Wange hinab. Da entdecke ich das Auto. Es kommt direkt auf mich zu. Ich bleibe auf der Straße. Es muss mir ausweichen. Ich senke erneut den Kopf, trete fester in die Pedale. Meine Beine schmerzen, aber ich mache weiter. Ich schaue hoch, das Auto ist jetzt bloß noch wenige Meter entfernt. Was zum Teufel mache ich da bloß?, schießt es mir durch den Kopf, doch ich bleibe auf der Straße, fahre weiter, schließe die Augen. Dann ist es, als ob ich angesaugt würde. Ich brauche noch nicht einmal mehr zu treten. Ich spüre, wie ich nach vorne gezogen werde wie von einer fremden Kraft. Ich öffne die Augen. Mir kommt es vor, als ob ich verschwommen durch einen Tunnel blicken würde, an dessen Ende der Kühler des Autos zu sehen ist und sich silberne und schwarze Ringe zur Seite hin ausbreiten. Ich versuche zu bremsen, doch das Fahrrad reagiert nicht. Ich kann nicht anhalten. Nicht mehr.

Es ist zu spät. Ich verschwinde in dem Schwarz und Silber. Ich fühle mich schwerelos. Schaue nach oben und entdecke unterschiedliche Farben. Weiß, Blau, Gelb und ein wenig Grün. Schließlich wird das Grün mehr. Zunächst kleine grüne Punkte in all dem Blau und Weiß, doch allmählich nehmen die Farben Gestalt an und werden zu Blättern und Bäumen, die ihre Äste über mich ausbreiten. Ich sehe die Sonne, die Wolken, einen Vogelschwarm, der am Himmel vorbeizieht. Ich bin in einem Wald. Ich kann das Gras und die Erde riechen. Und dann höre ich unter den Reifen den Kies knirschen und knistern. Höre eine vorbeirauschende S-Bahn, irgendwo hinter den Bäumen. Nehme die roten Farben wahr, die zwischen all dem Grünen aufblitzen. Ich folge dem Kiesweg, verschwinde kurzzeitig im Schatten der Bäume, die dicht und schwer über mir hängen und eine Decke aus Zweigen und Blättern bilden. Ich setze meinen Weg über das Gras fort, verliere auf der holprigen Wiese kurz das Gleichgewicht, kann mich aber auf dem Fahrrad halten, flitze über einen Bordstein, folge dem Asphalt und überquere einen Kreisverkehr, bevor ich scharf nach rechts abbiege und den Hügel hinabfahre. Am Ende des Wegs halte ich das Fahrrad an. Zwei Autos fahren vorbei. Ein schwarzer Mercedes und ein roter Lieferwagen. Über mir brettert eine S-Bahn über eine Brücke. Ich hole mein Telefon aus der Jackeninnentasche und kann es problemlos anschalten. Nur ein Snap von Magnus, sonst nichts. Ich hüpfe wieder aufs Rad und fahre den Hügel zum Krankenhaus hinauf. Plötzlich lässt sich das Fahrrad kaum noch fahren, ist schwerfällig und klobig, und als ich mich zum Treten aufstelle, macht es einen Knack und ich falle auf die Stange. Ich steige ab und stelle fest, dass die Kette gerissen ist. Sie hängt schlaff zu Boden. Ich schiebe das Fahrrad an die Seite, lehne es gegen eine Laterne und gehe zu Fuß weiter. Da klingelt mein Telefon. Es ist meine Mutter. Einen Moment überlege ich, nicht dranzugehen, aber ich vermisse sie. Ich vermisse sie alle.

»Hej«, sage ich.

»Hej, Schatz«, sagt sie. »Wo bist du gewesen?«

Es tut gut, wieder ihre Stimme zu hören.

»Nur ein bisschen draußen.«

»Okay. Aber kommst du bald zurück? Du musst auch nicht wieder zu Opa hineingehen, aber Oma ist jetzt da. Ich glaube, sie würde dich gern sehen. Die Mädchen verstehen auch nicht, warum du auf einmal weg warst.«

Ich sage nichts. Fühle mich plötzlich wie ein Riesenidiot. Warum bin ich bloß abgehauen?

»Entschuldige«, sage ich.

»Du brauchst dich nicht zu entschuldigen, Schatz. Das ist vollkommen in Ordnung. Du brauchst auch nicht sofort zu kommen, erst wenn du dazu bereit bist. Wir sind für dich da, Papa und ich, das weißt du, nicht wahr?«

»Ja klar«, antworte ich. »Das weiß ich.«

»Okay.«

»Mama?«

»Ja, Johannes.«

»Wie lange bin ich weg gewesen?«

»Was meinst du?«

»Also, wie lange war ich fort?«

»Ein paar Stunden, glaube ich. Aber zerbrich dir darüber nicht den Kopf.«

»Ich komme jetzt. Ich bin gleich da.«

»Gut, Schatz. Komm einfach. Wir lieben dich.«

»Ich euch auch.«

Dann legt sie auf.

Ich schaue auf mein Handy. Da fällt mir der Snap von Magnus ein. Ich traue mich kaum, ihn anzusehen, er schickt immer so viel Schwachsinn. Ich will gerade das Handy in die Tasche stecken, als ich mich dazu entschließe, die Nachricht trotzdem anzugucken. Ich öffne Snapchat und klicke auf das kleine lilafarbene Icon. Er hat sich selbst beim Herumfahren gefilmt. Ich erkenne nicht, wo er sich befindet, aber direkt hinter ihm spielen ein paar kleine Kinder, also muss er mit seinem kleinen Bruder unterwegs sein. Ab und zu passt er auf seinen Stiefbruder auf, vielleicht sind sie auf dem Spielplatz. NEUES AUTO!!!!, steht in Großbuchstaben auf dem Display, und am Schluss des Videos steht er auf und filmt das Kettcar, in dem er offenbar gesessen hat, bevor er die Kamera wieder auf sich richtet und mir die Zunge herausstreckt. Ich muss lachen. Als wir klein waren, sind wir immer mit solchen Kettcars auf dem Schulhof herumgefahren. Es ist schwachsinnig, aber auch lustig. Ich habe völlig vergessen, dass Magnus auch witzig sein kann. Ich antworte mit einem Smiley, stecke das Handy in die Tasche und gehe weiter. Ein Stück vor mir kann ich das Krankenhaus sehen. Ich gucke an mir hinunter.

Meine Schuhe sind so weiß wie immer. Meine Hose sieht auch in Ordnung aus, ebenso meine Jacke. Ich schnuppere am Ärmel. Er riecht sauber und nach Synthetik, nicht nach Rauch. Ich betrachte meine Hände. Sie sind weder rot noch geschwollen. Aber ich habe doch alles so deutlich gespürt. Ich war dort. Wirklich dort. Zusammen mit Raf. Das war kein Traum, da bin ich mir sicher, aber was soll es sonst gewesen sein? Ich vermisse ihn jetzt schon. Da beginnt es zu regnen. Winzige Regentropfen, klein wie Staub, treffen mein Gesicht. Ich richte meinen Blick zum Himmel, sauge die frische Luft ganz tief ein, schließe die Augen und sehe Rafs Gesicht vor mir. Meinen Großvater. Was hat Raf noch mal über seinen Vater gesagt? Dass er immer da war, obwohl er tot war. Dass er mit ihm gesprochen hat, allerdings nicht wie mit einer Stimme im Kopf. Nein, er hat ihn wirklich gesehen, seine Stimme gehört, so wie ich Raf gesehen und gehört habe. Der Regen nimmt zu und ich renne das letzte Stück zum Krankenhaus. Ich bin pitschnass, als ich eintrete und die Treppe hinaufgehe. Ich weiß nicht, ob es der richtige Weg ist, da sich alle Türen und Treppen und Flure ähneln, doch plötzlich bin ich da. Ich erkenne es sofort wieder. Mein Magen zieht sich zusammen, doch es geht mir gut, ich spüre keine Übelkeit mehr und fühle mich auch sonst nicht schlecht. Eine Krankenschwester, an die ich mich nicht erinnern kann, kommt auf mich zu.

»Du siehst aus, als würdest du was suchen. Kann ich dir helfen?«, fragt sie.

Sie hat sanfte Augen.

»Nein, vielen Dank«, sage ich. »Ich habe es bereits gefunden.«

»Okay. Aber gib einfach Bescheid, wenn du Hilfe brauchst.«

Ich nicke.

Die Tür zum Zimmer meines Großvaters steht einen Spalt weit offen. Ich lausche kurz, kann ihre Stimmen hören. Kaia und Kajsa. Mama und Papa. Und auch Oma. Sie reden über etwas. Dann fangen sie plötzlich an zu lachen. Ich lausche erneut. Sie sitzen tatsächlich da drinnen und lachen. Ich drücke den Türgriff nach unten und gehe hinein.

26

Alle drehen sich um und sehen mich an.

»Hej, Schatz«, begrüßt mich meine Mutter.

»Hej, Johannes«, sagen Kaia und Kajsa wie aus einem Mund.

»Hej«, antworte ich.

»Wir haben gerade über dich gesprochen«, erklärt mein Vater.

Sie lächeln mich alle an.

»Darüber, wie Opa und Oma das erste Mal auf dich aufpassen sollten. Du warst erst drei, also kannst du dich daran bestimmt nicht mehr erinnern?«

Ich schüttle den Kopf.

»Das werde ich nie vergessen.« Oma grinst.

Sie sitzt neben meiner Mutter an einem kleinen Tisch. Darauf steht eine Schüssel mit Orangen und etwas Wasser in einer Flasche. Ich sehe an ihren Augen, dass sie geweint hat, doch sie wirkt nicht traurig.

»Dein Opa war *dermaßen* nervös, bevor deine Eltern mit dir kamen«, erzählt sie.

»Wieso denn das?«, fragt Kaia.

»Es war lange her, dass wir das letzte Mal mit einem kleinen Kind allein gewesen waren, daher war euer Opa ganz durcheinander. Er rannte im Haus umher und entfernte beinahe alles, woran sich Johannes hätte verletzen können. Er saugte sogar Staub. Das hatte er noch *nie* vorher gemacht. Aber, Johannes, du bist ja vollkommen durchnässt.«

Ich gucke an mir hinunter.

»Ja«, sage ich. »Es fing plötzlich an zu regnen.«

»Ja, das kann passieren.«

»Entschuldigt, dass ich einfach weggelaufen bin«, sage ich.

»Mach dir darum keine Gedanken.«

»Nein, Johannes, es ist alles gut«, sagt mein Vater. »Jetzt bist du ja da.«

Er sitzt neben Opas Bett. Eine Hand ruht auf der Matratze. Ich nehme mir einen Stuhl und setze mich neben meinen Vater.

»Hej, Opa«, sage ich.

Seine Hände liegen an den Seiten, und ich lege meine Hand auf seine. Sie ist kalt und glatt, was jedoch nicht unangenehm ist. Ich betrachte das immer noch wachsartige, glatte Gesicht, das ihm nun aber ähnelt. Es sieht nicht länger verkehrt aus. Strahlt etwas Ruhiges und Friedvolles aus, beinahe als ob er nur schliefe, auch wenn ich natürlich weiß, dass er nicht mehr aufwacht. Ich erhebe mich leicht vom Stuhl und lasse meine Hand über seine Stirn gleiten, streiche das Stirnhaar zur Seite und sehe die kleine Narbe am Haaransatz.

»*En garde!*«, flüstere ich.

Dann fasse ich etwas von dem Stirnhaar zu einer kleinen Locke zusammen und schiebe es ein wenig zur Seite, damit es direkt über der einen Augenbraue liegt.

»Was machst du da?«, fragt mein Vater.

»Nur etwas richten«, antworte ich.

»Jetzt sieht er fein aus«, sagt Oma.

»Ja, das finde ich auch«, sage ich.

Während der Rückfahrt gucke ich wieder aus dem Fenster. Weder meine Mutter noch mein Vater sagen einen Ton. Kaia und Kajsa sind eingeschlafen und lehnen mit ihren Köpfen an meinen Schultern. Ich schließe die Augen und wache erst wieder auf, als mein Vater das Auto in unsere Einfahrt fährt. Kaia und Kajsa schlafen weiter, daher müssen meine Eltern die Türen öffnen und ihnen aus den Gurten helfen. Sie strecken sich und gähnen.

»Komm, Schatz«, sagt mein Vater, hebt Kaia aus dem Auto und trägt sie zum Haus. Kajsa möchte selbst laufen. Sie ist so süß und klein. Und trotzdem ist sie selbstständig und besteht darauf, alles allein zu machen. So sind sie beide. Ich habe es ihnen nie gesagt, finde aber, dass sie ungemein stark sind. Sie trauen sich alles Mögliche, was ich nie im Traum gewagt hätte, als ich so alt wie sie war. Vor der Tür dreht sich Kajsa plötzlich um und mustert mich.

»Wo bist du eigentlich gewesen?«, fragt sie.

»Wie meinst du das?«, frage ich.

»Im Krankenhaus. Wo bist du gewesen? Du bist richtig weg gewesen, oder?«

»Inwiefern richtig?«, frage ich.

Sie lächelt.

»Ich weiß nicht«, sagt sie.

Dann dreht sie sich um und geht ins Haus.

»Hey, Kajsa«, sage ich.

»Ja?«

»Ach, nichts.«

»Du bist manchmal komisch, Johannes«, sagt sie.

»Findest du?«

»Ja, aber auf eine süße Art komisch.«

Sie grinst und geht dann weiter.

Ich bin völlig erledigt, als ich mein Zimmer betrete. Ich schmeiße mich aufs Bett und gucke kurz auf mein Handy. Überlege, Computer zu spielen, kann mich aber nicht dazu aufraffen. Ich könnte Hausaufgaben machen, bin jedoch viel zu müde. Dann gebe ich *Französische Schule* ein. Es werden verschiedene Adressen angezeigt sowie ein Ausschnitt aus einer Karte von Dänemark. Ich scrolle weiter nach unten und klicke auf einen Wikipedia-Link. Dort gibt es ein Schwarz-Weiß-Foto eines großen Gebäudes, das die Französische Schule sein muss. *Die neu errichtete Schule* 1924 steht darunter. Ich vergrößere das Bild und entdecke ein weißes Kreuz auf dem Dach eines Gebäudeflügels. Das Foto ist grobkörnig, es ist aber eindeutig ein Kreuz auf der Spitze. Trotzdem ist die Schule nur schwer wiederzuerkennen. Ich scrolle weiter nach unten und sehe ein Foto von einem Denkmal mit einer Nonne. Sie hat die Arme um zwei Kinder gelegt, ein Mädchen und einen Jungen. Am Fuße des Denkmals liegen Blumen. Ich lese den Text unter dem Foto:

Das Mahnmal für die Französische Schule mit Blumen und Kränzen, unter anderem von der Royal Air Force, anlässlich des siebzigsten Jahrestags der Bombardierung des Shellhauses.

Ich lese weiter.

Die Französische Schule (Frederiksberg Allé 74), während des Krieges von britischen Bombern getroffen, hieß offiziell Institut Jeanne d'Arc oder Jeanne-d'Arc-Schule. Die katholische Mädchenschule wurde von den Sankt-Joseph-Schwestern errichtet und 1924 in Betrieb genommen. An die Schule war ein Kindergarten mit drei Räumen angegliedert, den auch Jungen besuchen durften. Bei der Bombardierung am 21. März 1945 befanden sich in der Schule 529 Personen: 482 Kinder, 34 Nonnen sowie 8 Lehrerinnen, die nicht dem Orden angehörten. Zudem hielten sich 5 Erwachsene von außerhalb dort auf. 86 Kinder und 18 Erwachsene – zumeist Nonnen – kamen bei der Bombardierung ums Leben.

Ich klicke auf einen Link im Text und komme auf eine neue Seite.

Am 21. März 1945 flog die britische Royal Air Force (R.A.F.) einen Bombenangriff auf das Shellhaus in Kopenhagen, in dem sich das Gestapo-Hauptquartier befand. Während der deutschen Besetzung Dänemarks im Zweiten Weltkrieg hatten die deutschen Behörden das Shellhaus beschlagnahmt und dort die

Gestapo-Zentrale eingerichtet. In ihm lagerten auch sämtliche Akten über die Widerstandsbewegung, die die R.A.F. seit Längerem um eine Bombardierung des Gebäudes gebeten hatte, um die Archive zu zerstören.

Gestapo. Das war es, worüber Aksel gesprochen hatte. Dass sie überall waren. Sollten wir uns deshalb von der Stadt fernhalten? Wusste er, dass etwas passieren würde? Wusste er von der geplanten Bombardierung des Shellhauses? Ich lese, dass die Mission der Engländer, *Operation Kathargo* genannt, glückte. Sie griffen mit einundfünfzig Flugzeugen an. Achtzehn Bombern, einunddreißig Jagdflugzeugen und zwei Aufklärungsflugzeugen. Das Shellhaus wurde getroffen und einigen inhaftierten Widerstandskämpfern gelang die Flucht. Aber wieso bombardierten die Engländer die Französische Schule? Ich scrolle weiter im Text.

Die Bombardierung war für 11.15 *Uhr geplant, da die Engländer davon ausgingen, dass das Gebäude zur Pausenzeit verhältnismäßig leer sein würde und die meisten Archivschränke zu diesem Zeitpunkt offen stehen würden. Die erste Angriffswelle erreichte die Stadt aus südlicher Richtung und verlief nach Plan. Die Piloten fanden mühelos ihr Ziel, da es das einzige getarnte Gebäude der Stadt war. Über dem Gelände des Güterbahnhofs streifte eines der Flugzeuge einen Lichtmast, der stark beschädigt wurde. Kurz darauf stürzte es auf eine Garage in der Frederiksberg Allé zwischen der Französischen Schule und dem*

Aveny-Theater. Die Bomber der zweiten Angriffswelle kamen vorwiegend aus westlicher Richtung, daher glaubten einige der Piloten, das Ziel befinde sich unter dem Rauch des brennenden Flugzeugwracks, und warfen daraufhin ihre Bomben auf die Französische Schule und das Viertel zwischen Amicisvej und Maglekildevej ab.

Es war ein Fehler gewesen. Über hundert unschuldige Menschen verloren an diesem Tag aufgrund eines Fehlers ihr Leben. Doch die Mission gelang. Sie war ein Erfolg. Ich schließe die Seite und lege das Handy vor mir auf den Boden. Lege mich auf den Rücken und starre zur Decke. Dann fange ich an zu weinen.

27

Als ich am nächsten Morgen aufwache, bin ich völlig benebelt. Ich liege immer noch komplett angezogen mit der verknüllten Decke da. Ich schwitze, öffne die Hose und streife sie ab. Dann ziehe ich Sweatshirt und T-Shirt aus und lege mich wieder unter die Decke. Ich ziehe sie bis zum Kinn hoch und bleibe so ein paar Minuten mit geschlossenen Augen liegen. Versuche, wieder einzuschlafen, kneife die Augen derart fest zusammen, dass die Stirn spannt, aber es hilft nichts. Ich kann nicht mehr schlafen. Doch aus irgendeinem Grund habe ich keine Lust, aufzustehen. Hinter der Tür kann ich Stimmen hören. Kajsa und Kaia. Und meine Mutter. Ich hasse es, als Letzter aufzustehen. Irgendwie fühlt sich das peinlich an. Ich höre sie reden und lachen. Dann sind Schritte zu vernehmen und es klopft an der Tür.

»Johannes, Schatz, bist du wach?«

Es ist meine Mutter. Sie öffnet vorsichtig die Tür und steckt den Kopf herein.

»Guten Morgen, Schatz, hast du gut geschlafen?«

Ich reibe mir die Augen.

»Ja«, murmle ich.

»Du warst sicher völlig durchgefroren, oder?«

Sie lächelt.

»Es gibt Frühstück, falls du Hunger hast.«

»Ich komme gleich. Ich muss mich nur anziehen«, sage ich.

»Gut.«

Sie wirft mir einen Luftkuss zu und schließt die Tür.

Ich setze mich im Bett auf, betrachte meine Hände, drehe sie hin und her. Sie sehen aus wie immer. Dann stehe ich auf und betrachte mich im Spiegel, der über der Kommode hängt. Ich gehe dicht heran, reiße die Augen auf, hebe und senke den Kopf, drehe ihn erst zur einen, dann zur anderen Seite. Ziehe mit dem Zeigefinger die schlaffe Haut unter meinem rechten Auge nach unten. Ich weiß nicht genau, wonach ich suche. Nach Einblutungen. Nach winzigen Ascheresten. Nach Spuren einer brennenden Schule. Aber der weiße Augapfel und das schimmernd hellrote Fleisch darunter sehen aus wie immer.

Anschließend ziehe ich mich an und gehe ins Wohnzimmer zu den anderen. Sie haben schön gedeckt. Beinahe als hätte jemand Geburtstag. Es gibt Orangensaft, Croissants, Plunderteilchen, Brot und Käse.

»Guten Morgen, Johannes«, begrüßt mich Kaia.

Sie schüttet gerade Haferflocken in eine Schüssel.

»Guten Morgen, Kaia«, erwidere ich.

Kajsa guckt nun auch hoch.

»Guten Morgen, Johannes«, sagt sie.

»Guten Morgen.«

»Es gibt auch Eier«, sagt meine Mutter und deutet zum Topf auf dem Tisch. »Weich gekocht. Wie du sie magst.«

Sie lächelt und nimmt einen Schluck Kaffee.

»Wo ist Papa?«, frage ich.

»Er ist schon bei Oma. Es muss schließlich noch viel geregelt werden.«

Sie lächelt wieder, doch diesmal ist es ein seltsames, vorsichtiges Lächeln. Als ob sie nicht wüsste, ob man über so etwas lächeln darf.

»Wann kommt er zurück?«

»Papa? Das weiß ich nicht genau. In ein paar Stunden, denke ich. Wieso?«

»Nur so. Oder doch, ich habe mir überlegt, dass er mich wohin fahren könnte.«

»Okay. Wohin?«

»Wie?«

»Na, wo soll er dich hinfahren?«

»In die Stadt?«

»In die Stadt? Kannst du nicht einfach das Rad nehmen?«

»Ich meine, nach Kopenhagen.«

»Nach Kopenhagen. Was willst du denn da?«

»Ich weiß nicht so genau. Oder doch, es gibt da einen Laden, in den ich gerne will.«

»Einen Laden?«

»Ja.«

»Okay. Aber ich weiß nicht, ob dein Vater dafür Zeit hat. Du kannst ihn fragen, wenn er nach Hause kommt.«

»Gut.«

»Aber du könntest doch auch den Zug nehmen.«

»Den Zug?«

»Ja. Oder nicht?«

»Ja, natürlich.«

»Das hast du doch schon oft mit Magnus gemacht. Du kannst ihn fragen, ob er mitkommt. Ist es nicht schon eine Weile her, dass ihr zusammen etwas Schönes unternommen habt?«

»Ich sehe ihn doch jeden Tag in der Schule.«

»Ja klar, aber du weißt genau, wie ich das meine.«

»Nee.«

»Okay. Ich sollte mich da auch nicht einmischen. Magst du etwas frühstücken?«

Ich setze mich an den Tisch und lege ein Croissant auf meinen Teller. Beiße ein Stück ab, worauf sich der weiche Teig in meinem Mund zu einem feuchten Klumpen verwandelt, den ich so schnell hinunterschlucke, dass mir beinahe der Hals wehtut. Ich verziehe das Gesicht.

»Alles in Ordnung?«, erkundigt sich meine Mutter.

»Ja, ja. Kannst du mir den Saft geben?« Ich schütte das Glas randvoll und leere es in einem Zug.

»Möchtest du ein Ei?«

Ich schüttle den Kopf.

»Du siehst ein wenig blass aus, also, ich finde, du solltest etwas mehr essen.«

»Mir geht es gut«, sage ich. »Wirklich.«

Nach dem Frühstück gehe ich wieder in mein Zimmer. Ich werfe mich aufs Bett, schreibe Magnus und frage, ob er später mit mir in die Stadt möchte. Er antwortet sofort, dass er Lust hat, und wir verabreden, uns eine Stunde später an der S-Bahn-Station zu treffen. Ich kopple das Handy an meine Anlage, suche nach The Minds of 99 und spiele *Ud af min krop*, schließe die Augen und sauge die Musik ein, die dezenten Elektro-Beats, die eindringliche Stimme, die von einem Leben unter Palmen, vom goldenen Mittelweg, von einem Leben im Hamsterrad singt, und dann den langsam ansteigenden Refrain, der immer stärker wird, bevor er schließlich seinen Höhepunkt erreicht.

Jeg skal ud af min krop, mens jeg lever.
Og mens jeg lever, må jeg ud af min krop.

Ich komme aus meinem Körper raus, während ich lebe.
Und während ich lebe, muss ich aus meinem Körper raus.

Dann fällt mir wieder die Nacht mit Raf und den Jungs auf dem Dachboden ein. Wie hieß noch mal der Musiker, den Ulrik mochte? Leo oder so ähnlich. Ich gebe *Leo* und *Jazz* im Suchfeld ein. Irgendein Idiot mit rosa Haaren und Saxofon taucht auf. Ich klicke auf das Video und schaue es mir zwei Sekunden an. Der ist es jedenfalls nicht. Wie lautete noch mal der Text? Irgendwas mit ›Take it easy‹. Ich gebe *Leo* und *take it easy* ein, woraufhin der komplette Name angezeigt wird. *Leo Mathisen Take It Easy, Boy Boy.* Ich klicke das Video an und höre ein kratzendes Geräusch, während die Stimme eines Mannes einsetzt. Dann beginnt die Musik und ich bin mit einem Mal wieder auf dem Dachboden. Ich sehe alles vor mir. Die Jungs. Ulrik und Mops, Jørgen, die Zwillinge Erik und Ejnar. Und Raf, selbstverständlich. Ich drehe lauter.

Take it easy, boy boy,
go to your home
smoke a cigar.
Take it easy, boy boy.
Let the others make the hard work for you.

Danach höre ich die Nummer noch mal, drehe weiter auf. Ich höre nicht, dass mein Vater anklopft, plötzlich steht er einfach in der Tür.

»Hörst du neuerdings Jazz?«, fragt er.

»Ähm, nee. Ich bin zufällig darauf gestoßen«, erkläre ich. »Wieso bist du schon zurück, ich dachte, du wolltest Oma helfen?«

»Ja, das wollte ich auch, aber sie musste sich ausruhen. Sie hat in den letzten Tagen ja kaum geschlafen. War da nicht irgendwas mit einer Mitfahrgelegenheit nach Kopenhagen? Mama hat so was erwähnt.«

»Ja, ist nicht mehr nötig. Trotzdem vielen Dank. Ich nehme mit Magnus die Bahn.«

»Okay.«

Kurz bevor er die Tür hinter sich schließt, steckt er wieder den Kopf herein. »Wusstest du, dass dein Opa diese Nummer geliebt hat?«

»Wie? Nee, das wusste ich nicht.«

Er lächelt. »Viel Spaß, und grüß Magnus.«

28

»Meine Fresse, du siehst ja fertig aus«, sagt Magnus, als wir uns an der Station treffen. »Was hast du denn gemacht?«

»Nichts«, erwidere ich.

Es tut gut, ihn zu sehen. Ich spüre, dass ich ihn vermisst habe, aber das sage ich ihm natürlich nicht.

»Hm, okay. Aber du siehst wie eine Leiche aus. Warum bist du nicht in der Schule gewesen?«

»Mein Opa ist gestorben.«

Er sieht mich ungläubig an.

»Echt?«

»Ja. Wir waren gestern im Krankenhaus, um ihn zu sehen. Deshalb war ich nicht da.«

»Shit. Bist du okay?«

»Ja. Aber es ist komisch.«

Er betrachtet mich einen Moment. Dann schaut er auf seine Schuhe. Spuckt auf den Boden und tritt sofort darauf, als würde er es bereuen. Er weiß sehr gut, wie ich es hasse. Es ist eine Angewohnheit von ihm, über die ich mich immer beschwere.

»War er alt? Ja, natürlich war er das. Ich bin ihm doch mal begegnet, erinnerst du dich daran?«

Ich schüttle den Kopf.

»Bei deiner Konfirmation. Ich habe sogar mit ihm gesprochen.«

»Ach ja?«

»Ja. Als er im Garten geraucht hat. Da sind wir ins Gespräch gekommen. Er war richtig cool. Er fragte, wer ich bin.«

»Was hast du gesagt?«

»Ich habe natürlich gesagt, dass ich ›Johannes' dummer Freund‹ bin. Darüber musste er lachen.«

»Haha, hast du das wirklich gesagt?«

»Ja. Es stimmt doch auch, oder?«

»Ja, so ist es.«

»Ich kann mich nicht daran erinnern, worüber wir sonst noch gesprochen haben, aber mir fällt ein, dass ich dachte, wie aufmerksam er war, obwohl er so alt war. Er war fast so alt wie mein Uropa. Ach, und dann hat er gefragt, ob ich auch konfirmiert worden bin. Darauf konnte ich keine richtige Antwort geben. Ich glaube doch nicht an Gott.«

»Hast du das gesagt?«

»Dass ich nicht an Gott glaube? Nein, ich habe nur geantwortet, dass das nichts für mich ist.«

Er schaut wieder auf seine Schuhe. Spuckt nochmals.

»Hat er an Gott geglaubt?«, fragt er dann.

»Da bin ich mir nicht sicher. Vielleicht. Darüber haben wir nie gesprochen.«

»Nee. Was soll man auch sagen?«

»Wie meinst du das?«

»Ich meine bloß, es ist manchmal schwer zu wissen, was man seinen Großeltern sagen soll. Worüber man mit ihnen reden soll und so weiter.«

»Vielleicht einfach über ganz alltägliche Dinge.«

»Im Ernst, ich weiß nicht, ob meine mich besonders gut leiden können.«

»Wie kommst du darauf?«

»Ich weiß nicht. Es ist nur so ein Gefühl, das ich habe.«

»Ich bin sicher, dass sie dich leiden können. Du bist schließlich ihr Enkel.«

»Ja, vielleicht. Also, wollen wir irgendwo was kaufen? Ich sterbe vor Hunger.«

Wir gehen in eine 7-Eleven-Filiale und kaufen uns jeweils ein Stück Pizza und eine Cola.

»Was wollen wir eigentlich in der Stadt?«, erkundigt er sich.

»Ich weiß nicht so genau. Ich wollte nur zu Hause raus.«

»Alles klar.«

Wir warten auf einer Bank auf die S-Bahn. Ich nehme einen Schluck Cola und spüre sofort, dass es mir besser geht. Ich schaue Magnus zu, wie er an seiner Pizza herumkaut. Er schmatzt. Das ist eine weitere Angewohnheit von ihm, die mich wahnsinnig irritiert, doch er behauptet, das Essen nur schmecken zu können, wenn etwas Luft in den Mund gelangt. Ich fange plötzlich an zu grinsen.

»Worüber lachst du?«

»Über dich.«

»Über mich? Was redest du da, Mann? Wieso?«

»Bloß so.«

»Halt die Klappe!«

»Du bist einfach witzig.«

»Du bist manchmal auch ziemlich komisch, weißt du das, Johannes?«

Ich nicke.

»Ja, ich weiß.«

Dann kommt der Zug und wir steigen ein. Ich gucke aus dem Fenster, während Magnus auf sein Handy glotzt. Ich kann nicht genau erkennen, was er macht, doch es wirkt, als würde er jemandem schreiben. Er seufzt.

»Und?«, frage ich.

»Ich schreibe bloß mit ihr hier.«

»Wem?«

»Amalie.«

»Aus der C-Klasse?«

»Ja.«

»*Du* schreibst mit *Amalie*?«

»Ja.«

»Okay.«

Ich kenne Amalie nicht besonders gut, weiß aber, wer sie ist. Sie geht in unsere Parallelklasse. Ich hätte nie gedacht, dass Magnus solch ein ruhiges Mädchen wie sie überhaupt leiden kann.

»Was schreibt sie?«

»Alles Mögliche. Sie macht mich wahnsinnig.«

»Wieso denn das?«

»Ach, das ist verdammt schwer, Mann. Was zum Teufel soll man schreiben?«

»Aber du magst sie?«

Er antwortet nicht. Sitzt bloß da und kaut an seinem Daumennagel herum, während er auf das Handy sieht.

»Ja«, sagt er dann. »Ich mag sie total gern. Aber das kann man doch nicht schreiben.«

»Und ob.«

»Dann glaubt sie bestimmt, dass ich verrückt bin.«

»Vielleicht. Aber das *bist* du doch auch. Verrückt nach ihr.«

Er schnaubt.

Normalerweise wäre ich neidisch, dass er irgendeinem Mädchen schreibt, aber jetzt freue ich mich einfach nur darüber.

»Sie hat dich sicher auch gern«, sage ich.

Er schaut vom Handy auf.

»Denkst du?«

»Ja, sonst hätte sie gewiss keine Lust, dir zu schreiben.«

»Ich weiß nicht. Mädchen machen manchmal komische Dinge.«

Der Zug fährt in den Bahnhof Nørreport ein und er steht auf.

»So, wir sind da. Wir steigen doch hier aus, oder?«

»Können wir nicht noch ein Stückchen weiterfahren?«, frage ich.

»Wieso? Wir müssen hier raus, wenn wir in die Fußgängerzone wollen.«

»Können wir nicht bis Vesterport fahren?«
»Äh, ja klar. Aber wieso? Was willst du denn da?«
Ich zucke mit den Schultern.
»Bloß Vesterbro angucken.«
»Okay, du bestimmst. Du *bist* manchmal komisch.«

29

Wir steigen an der Station Vesterport aus und nehmen die Rolltreppe nach oben. Ich hole mein Handy hervor, öffne Google Maps und suche nach *Frederiksberg Allé* 74. Ein kleiner roter Kreis zeigt die Adresse auf der Karte an, ich klicke unten auf *Route*, woraufhin sich der rote Kreis zu einem kleinen blauen Punkt verändert.

»Hey«, sage ich zu Magnus, der auf sein Handy starrt.

Er schaut hoch.

»Ja?«

»Wir müssen hier lang.«

Er antwortet nicht. Folgt mir von der Station einfach weiter auf dem Gehweg. Ich will gerade die Straße überqueren, als ein Bus dicht an der Bordsteinkante vorbeifährt und ich ein paar Schritte rückwärtsspringen muss.

»Was zum Teufel machst du da?«, wundert sich Magnus.

»Wie?«, frage ich.

»Du musst schon aufpassen, du wärst beinahe überfahren worden.«

»Ja, ja. Ich habe ihn gesehen.«

»Du bist doch nicht mehr in Birkerød«, grinst er.

»Ich weiß«, murmle ich.

Ich gucke aufs Handy und folge dem kleinen blauen Punkt auf dem Display. Wir müssen den Gammel Kongevej finden.

»Komm!«, sage ich.

Wir überqueren einen Zebrastreifen, gehen am Kino Imperial und an einem der Innenstadtseen vorbei.

»Das Planetarium«, bemerkt Magnus und blickt kurz vom Handy auf.

»Wie?«, sage ich.

»Das ist das Planetarium. Dort drüben.«

Er deutet auf ein rundes Gebäude mit gelben und schwarzen Streifen an der Straßenecke.

»Ach ja«, sage ich.

»Wo wollen wir eigentlich hin?«

»Raus nach Frederiksberg.«

»Wieso denn das? Wolltest du nicht nach Vesterbro?«

»Schon, aber ... da gibt es was, was ich sehen muss.«

Ich bleibe stehen. Er muss wirklich denken, ich sei verrückt, aber wie soll ich ihm all das erklären? Ich verstehe es ja noch nicht einmal selbst.

»Es ist nicht mehr weit«, fahre ich fort. »Wir sind gleich da.«

Er antwortet nicht, sondern hat wieder sein Handy herausgeholt.

»Hast du ihr noch mal geschrieben?«

Er schüttelt den Kopf, ohne den Blick vom Display zu heben.

»Mach das doch. Keine Panik. Was wäre das Schlimmste, was passieren könnte?«

Da blickt er auf.

»Das Schlimmste? Das Schlimmste, was passieren kann, ist, dass sie schreibt, sie findet mich superwiderlich und ich soll ihr nie wieder schreiben.«

»Okay, und das ist also das *Allerschlimmste*?«

»Ja.«

»Aber das ist doch gar nicht so schlimm.«

»Was?«

»Also, das ist doch nichts, woran du stirbst.«

»Nein, daran *sterbe* ich nicht. Was redest du da?«

»Nichts. Nur, dass es nicht so schlimm ist. Und du bist nicht widerlich. Du bist total in Ordnung. Los, schreib ihr einfach.«

Er knurrt irgendetwas Unverständliches und richtet seinen Blick wieder aufs Handy.

»Okay«, sagt er schließlich ganz leise. »Fuck it. Ich tue es. Soll ich schreiben, dass sie hübsch ist? Oder schön? Ach, zum Teufel!«

»Schreib einfach, dass du sie gernhast. Nicht mehr.«

Er überlegt einen Moment. Tippt. Dann hält er mir das Handy hin, sodass ich das Display sehen kann.

»So?«

»Perfekt!«

»Okay. So, der Mist ist versendet. Bring mich jetzt einfach um.«

Wir erreichen eine Kreuzung, überqueren die Straße und gehen einen etwas schmaleren Weg hinab. *Alhambravej* steht auf dem Schild. Den Weg säumen prächtige weiße Villen. Am türkisblauen Himmel zieht ein Flugzeug einen weißen Streifen hinter sich her. Die Sonne glitzert auf den schwarzen Dächern. Ich folge dem sich langsam vorwärtsbewegenden blauen Fleck auf dem Handy, vergrößere die Karte und sehe, dass am Ende der Straße die Frederiksberg Allé liegt. Wir sind also gleich da. Als wir uns nähern, erkenne ich die Bäume am Straßenrand wieder. Ja, es *sind* dieselben Bäume, dieselben langen, dünnen Äste. Wir biegen um die Ecke, und im selben Moment kommt es mir vor, als ob eine Welle durch mich hindurchjagen würde. Vor meinen Augen flimmert es und meine Hände zittern. Es hält nur ein paar Sekunden an, dann sehe ich die Umgebung wieder völlig scharf. Die hohen Häuser, die Reihen von dunklen Bäumen zu beiden Seiten des Gehwegs. Die majestätische Allee. Es fühlt sich seltsam an, wieder hier zu sein. Die breite Allee kreuzen schmale Wege, deren Straßenschilder ich im Takt des Vorbeigehens lese: Mynstersvej, Martensens Allé, Madvigs Allé, Nyvej, Amicisvej. Wir kommen an einigen Mehrfamilienhäusern aus Backstein vorbei und plötzlich sind wir da. Dort ist das Denkmal. Es steht leicht erhöht in einer Ausbuchtung des Gehwegs auf halbkreisförmig angeordneten dunkelgrauen Platten, umgeben von niedrigen grünen Büschen.

»Was machen wir hier?«, fragt Magnus.

»Zwei Sekunden«, sage ich. »Ich will mir nur dieses Denkmal anschauen.«

»Hast du mich den ganzen Weg hierheraus geschleppt, nur um dieses Denkmal anzugucken?«

»Wie? Nein, doch. Zwei Sekunden, okay. Gib mir einfach zwei Sekunden. Kannst du ihr nicht schreiben?«

»Was redest du da? Hast du vergessen, dass ich ihr gerade eben geschrieben habe? Weil du gesagt hast, ich soll das tun? Und bis jetzt hat sie noch nicht geantwortet.«

»Zwei Sekunden, okay?«

»Echt«, sagt er und dreht mir den Rücken zu. Aber er bleibt stehen, geht nirgendwohin.

Ich trete dicht an das Denkmal heran, bücke mich, spüre die kalte Oberfläche aus Stein. Die Nonne hat ihre Arme um ein Mädchen und einen Jungen gelegt, um den Hals trägt sie ein Kreuz. Ihr Kopf ist leicht gesenkt, sie strahlt etwas Trauriges, zugleich aber auch etwas Ruhiges aus. Ihr ist keinerlei Angst anzusehen, vielmehr wartet sie ab, was passieren wird, doch sie hat keine Angst.

Da höre ich eine vertraute Stimme.

»Johannes?«

Ich drehe mich um.

Es ist Oma. Sie hält einen Strauß gelber Blumen in den Händen.

»Hej«, sage ich.

»Hej, Johannes.«

»Was machst du hier?«, frage ich.

»Das Gleiche wie du, denke ich.«

Sie lächelt und kommt mir entgegen.

»Ich habe diese hier mitgebracht«, sagt sie.

Sie zeigt auf den Blumenstrauß.

»Sie sind hübsch«, bemerke ich.

»Dein Opa hat Osterglocken geliebt.«

»Ach ja?«

Sie nickt.

»Das wusste ich nicht.«

»Nein, woher solltest du auch? Man kann schließlich nicht alles wissen.«

»Nee.«

Ich schaue auf meine Schuhe.

»Er wäre froh, wenn er wüsste, dass du hier bist. Dieser Ort hat ihm viel bedeutet.«

»Ich bin froh, hier zu sein«, sage ich. »Darf ich die Blumen hinlegen?«

Sie nickt und reicht mir den Strauß, den ich vorsichtig auf die grauen Platten vor das Denkmal lege.

»Ich vermisse ihn«, sage ich.

»Das geht mir auch so«, sagt sie. »Aber er hatte ein gutes Leben. Und wir haben gemeinsam ein gutes und langes Leben verbracht.«

Sie wischt sich eine Träne von der Wange.

»Ich habe etwas für dich. Fast hätte ich es vergessen.«

Sie kramt ein wenig in ihrer Tasche.

»Dein Opa wollte, dass du das hier bekommst.«

Sie reicht mir ein Buch. Es ist an den Ecken ein wenig abgegriffen, aber ansonsten noch gut in Schuss. Ich schlage es auf und lese die Widmung auf der ersten Seite.

Für Raf von Morten Nielsen.

Ich schlage das Buch wieder zu.

»Danke«, sage ich.

»Dein Vater wurde nach diesem Schriftsteller benannt. Das hast du bestimmt noch nicht gewusst, oder?«

Sie lächelt.

Ich schüttle den Kopf.

»Sag mal, den dort drüben kennst du doch, nicht wahr?«

Sie deutet auf Magnus, der immer noch mit dem Rücken zu uns steht und auf sein Handy guckt.

»Klar, das ist Magnus.«

»Ich denke, du solltest besser zu ihm zurückgehen. Er wirkt wie jemand, der ein bisschen Gesellschaft vertragen könnte.«

»Ja, aber ich weiß noch nicht, ob ich schon Lust habe, zu gehen.«

»Mach das ruhig. Ich bleibe noch ein wenig hier. Grüß deine Mutter und deinen Vater, wenn du heimkommst.«

»Das mache ich.«

Ich gehe los zu Magnus, drehe mich aber noch mal zu ihr um.

»Oma?«

»Ja?«

»Ich bin froh, dass ich mich ordentlich verabschieden konnte.«

»Das ging ihm auch so«, antwortet sie.

Irgendetwas ist mit ihrem Blick. Ein kurzes Aufblitzen. Dann lächelt sie ein letztes Mal und dreht den Kopf zur Seite.

»Ach, da bist du ja«, sagt Magnus.

Er sieht mich nicht an, sondern glotzt immer noch auf sein Handy.

»Echt, Johannes, wieso schreibt sie mir nicht? Das Ganze ist deine Schuld.«

»Beruhig dich«, erwidere ich. »Sie wird bald schreiben.«

»Das hoffe ich verdammt noch mal. Sonst weiß ich nicht, was ich tun soll.«

»Komm schon! Ich bin hier fertig. Wollen wir in die Fußgängerzone?«

»Nein, ich kann mich auf nichts konzentrieren. Lass uns einfach heimfahren.«

Auf der Rückfahrt starre ich wieder aus dem Fenster des Zuges. Da höre ich ein kurzes Piepsen. Ich weiß sofort, was das ist. Magnus ebenfalls.

»Ich traue mich nicht«, sagt er.

»Komm schon«, ermuntere ich ihn.

»Aber.«

»Aber was? Sonst nehme ich es. Soll ich vorlesen, was da steht?«

Er überlegt einen Moment. Atmet tief ein. Führt beide Hände zum Gesicht und reibt sich die Augen.

»Nein. Das mache ich. Was ist das Schlimmste, was passieren kann, hm?«

Ich nicke.

Er nimmt das Handy und liest die Nachricht. Sein Gesichtsausdruck erhellt sich mit einem Lächeln. Seine Augen strahlen, als er mich ansieht.

»Sie hat mich auch gern. Verflucht, das schreibt sie. Wahnsinn, Johannes. Jetzt kann ich glücklich sterben.«

»Haha, fett!«, sage ich. »Ich habe es dir doch gesagt.«

»Ja, danke, Johannes. Das meine ich wirklich. Danke. Deshalb sind wir schließlich Freunde. Weil du so verdammt klug bist.«

An der S-Bahn-Station verabschieden wir uns. Ich schaue zu, wie er den Fahrradweg hinunterfährt. Er wird immer kleiner, ehe er um eine Ecke biegt und verschwindet. Die Sonne geht bereits unter, zwischen den Bäumen ragt ein weiches orangefarbenes Licht hindurch. Ich komme an der Bibliothek und der Kirche vorbei und folge der Hauptstraße weiter hinab. Bis auf das Kino und ein paar Restaurants sind sämtliche Geschäfte geschlossen. Ein paar funkelnde Sonnenstrahlen bahnen sich plötzlich ihren Weg zwischen zwei Gebäuden und tauchen den Bürgersteig in ein goldenes Licht. Im selben Moment fegt ein Windstoß über die Straße hinweg und ich ziehe den Reißverschluss meiner Daunenjacke bis unters Kinn zu und vergrabe die Hände in den Taschen. Da spüre ich die Mütze. Sie liegt zusammengerollt in meiner rechten. Ich hole sie hervor und betrachte sie. Einen Augenblick lang glaube ich zu träumen. Doch ich bin hellwach. Wacher als jemals zuvor. Ich halte die Strickmütze vor die Nase und schnuppere an ihr. Sie riecht nach Rauch. Ich halte sie gegen meine Wange, spüre, wie weich sie ist. Dann stopfe ich sie wieder in die Tasche, berühre sie noch ein letztes Mal; ich muss sie nicht noch einmal ansehen, aber es fühlt sich gut an, zu wissen, dass sie da ist.

Jonas Kleinschmidt, geboren 1982, studierte Dänisch und Kulturvermittlung und debütierte als Autor 2017. Für seinen zweiten Roman *Die Jungs (Drengene)* war er 2019 für den Autorenpreis des Kulturministeriums für Kinder- und Jugendbücher nominiert. In *Engel über der Stadt* verarbeitet er auch die Erlebnisse seines eigenen Großvaters, der 1945 Zeuge des Bombardements über Kopenhagen wurde. Kleinschmidt ist außerdem als Rezensent und Musikexperte für *Politiken, Berlingske* und *Jyllands-Posten* tätig und lebt in Kopenhagen.

André Wilkening, geboren 1967, studierte Skandinavistik und Kunstgeschichte in Frankfurt, wo er heute auch lebt. Neben seiner freiberuflichen Tätigkeit als Übersetzer aus dem Dänischen und Schwedischen arbeitet er als Anwendungsbetreuer für IT-Systeme im Universitätsklinikum.

Historische Notiz
Die Handlung von *Engel über der Stadt* ist frei erfunden, der Roman beruht jedoch auf historischen Tatsachen. Am 21. März 1945 griffen 51 Bomber der *Royal Air Force* die dänische Hauptstadt Kopenhagen an. Ziel war die Zentrale der Gestapo, das *Shellhaus* im Stadtteil Vesterbro, doch durch einen tragischen Fehler der Piloten wurde bei dem Angriff auch die nahegelegene französische *Jeanne d'Arc-Schule* schwer getroffen. Durch das Unglück starben über 100 Zivilisten, darunter fast ausschließlich Schulkinder.